映画ノベライズ

鋼の錬金術師3
最後の錬成

FULLMETAL ALCHEMIST

著　荒居蘭　原作　荒川弘　脚本　曽利文彦　宮本武史

目次

FULLMETAL ALCHEMIST

鋼の錬金術師　完結編
最後の錬成

山田涼介　本田 翼　ディーン・フジオカ
蓮佛美沙子　本郷奏多　／　黒島結菜　渡邊圭祐
寺田 心　内山信二　大貫勇輔　ロン・モンロウ　水石亜飛夢
奥貫 薫　高橋 努　堀内敬子　丸山智己　遼河はるひ　平岡祐太
山田裕貴　麿 赤兒　大和田伸也
舘 ひろし（特別出演）
藤木直人 ／ 山本耕史　／　筧 利夫
杉本哲太　　栗山千明　　風吹ジュン
佐藤隆太　仲間由紀恵　・新田真剣佑
内野聖陽

原作：「鋼の錬金術師」 荒川弘（「ガンガンコミックス」スクウェア・エニックス刊）
監督：曽利文彦　脚本：曽利文彦　宮本武史

制作：映画「鋼の錬金術師 2&3」製作委員会
企画・制作プロダクション：OXYBOT
配給：ワーナー・ブラザース映画

本書は映画「鋼の錬金術師」完結編　最後の錬成の脚本をもとに
書き下ろされたもうひとつのストーリーです。

序章　幌馬車の旅

情けない顔だ——と、ヴァン・ホーエンハイムは思った。

写真の中で、大の男がぼろぼろと涙をこぼしている。

笑ってと妻は言ったのに、カメラの前で笑顔をつくることができなかった。

「ご家族の写真ですか？」

山あいの道を、幌馬車が行く。その心地よい揺れに身をゆだねていると、向かいの婦人から声をかけられた。幼い少年と寄り添うように座り、こちらに微笑みかけている。

「嬉しそうに見ていらしたから」

ええ、とホーエンハイムは応じる。

写真に写るのは、頬を濡らしながら幼いエドワードを抱き上げるホーエンハイム。そのかたわらでは、トリシャがまだ赤子のアルフォンスを胸に穏やかに微笑んでいる。

「久しぶりに、上の息子に会いましてね」

ホーエンハイムは錬金術師だ。たいていのものは造ることができるし、その気になりさえすれば——あまりやりたくはないが——等価交換の法則を無視しての錬成もおこなえる。

そんな万能に近い手を与えられたというのに、息子を抱き上げる手つきは、どうにもぎこちない。

「すっかりでかくなって、強い目をしていて……もう父親は必要なさそうでした」

そんな寂しいこと……と眉を下げる婦人に、ホーエンハイムは淡い笑みを返す。

幼いエドに最後に会ったのは十年ほど前、ホーエンハイムが家を出る間際のことだった。子供たちの顔を見たら旅立ちが延びてしまうだろうから、眠っている間に出発するつもりでいた。

それなのに――。

『アルがおしっこって』

その日に限って、エドとアルは早起きだったのだ。

あれから月日は流れ――トリシャの墓前で再会したエドは、一人前の男に成長しつつあった。父親らしいことは何もしてやれなかったが、トリシャやロックベル家の人々、そして厳しくもあたたかい世間が、息子をここまで育ててくれた。

もう一度、写真に目を落とす。

何度見ても情けない顔だと思う。けれど頬をつたう涙のあたたかさを、ホーエンハイムは今もはっきりと覚えている。

それもまた愛おしい思い出のひとつなのだと、そう思ったとき――。

幌馬車が行くのどかな音が、鋭い銃声にかき消された。車体が大きなきしりをあげ、ホーエンハイムはガクンと前につんのめる。続いて何頭もの馬の足音と男たちの奇声が響き、馬車が止まった。

幌が開き、銃を携えた男が顔を出す――野盗か。

「まあまあ落ち着いてくれ」

ほかの乗客を背に隠すようにしてホーエンハイムが近寄ると、賊はうるせえ！　と吠え、ためらうことなく引き金を引いた。ドンドンと規則的な音を響かせ、ホーエンハイムの胸に弾丸を撃ちこむ。

いきなり酷いことをするな――と思ったとき。野盗のひとりが宙に弧を描いて吹き飛んだ。

幌の奥から一組の男女が姿を現す。

「なんだてめえ！」

いきり立つ野盗どもに、女性は通りすがりの主婦と名乗った。

その主婦が、腕を払うような仕草を見せた瞬間。賊の身体が浮き、くるんと回転したかと思うと、そのまま頭から落下して地面にぐしゃりとのびた。

彼女が野盗を投げ飛ばすたび、結い上げたドレッドヘアがわずかに揺れるのを、ホーエンハイムはぼんやりと眺めた。円運動を基本とした、しなやかで無駄のない動きだ。

――錬金術師か。

しかも、かなり腕の立つ。

相手の力の流れを知り、利用してそのまま返す。錬金術の基本概念である〈力の循環〉を体得していなければ、こうは動けない。

連れの男性は筋骨たくましく、力にものをいわせ次々と野盗どもをのしていく。息がぴったりと合っている。おそらく夫婦なのだろう。

どうやら自分の出番はなさそうだと、ホーエンハイムは幌に引っこんだ。一張羅(いっちょうら)は駄目になってしまったが、写真は無事だろうか。上着に空いた無数の穴をなでながら懐(ふところ)を探っていると、〈通りすがりの主婦〉が幌の外からひょいと顔をのぞかせた。もう野盗どもを取り押さえたのか。

「大丈夫!?」

「なんとか……血も出ていないですし」

「そ、そう」

良かった——と言って、主婦は怪訝(けげん)な顔をした。

※

イズミ・カーティスの趣味は旅行だ。

旅はいい。見知らぬ街に見知らぬ人、嗅いだことのない空気の匂い、そして少しのアクシデント。計画を立てすぎず、ときに気の向くまま行き先を変えることもある。これといった名所名物がなくても構わない。新しい出会いと驚き、それが旅の醍醐味(だいごみ)だ。

イズミは南部の街ダブリスで精肉店を営みながら、夫のシグと連れ立ってアメストリス各地を旅している。このご時世、外国への旅行はなかなか難しいが、アメストリスの国土はほぼ円形のため、気候風土のバリエーションが豊かだ。それぞれの土地にそれぞれの特色があるから、旅のしがいもある。

イズミがまだ幼いエルリック兄弟と出会ったのも、そんな旅のさなか。東部に立ち寄ったときのことだった。

折からの嵐でリゼンブールに足止めされていたイズミは、錬金術で巨大な堤防を築き、村を水害から救った。その様子をどこかで見ていたのだろう。小さな兄弟が、なんとしても錬金術を教わりたいと弟子入りを志願した。

もとより弟子は取らない主義だが、あまりに熱心に頼むので、両親の許可はと訊ねると、保護者代わりだという老婆が答えた。

『この子らには両親がいない』

これを言われると――イズミはめっぽう弱い。

イズミは錬金術師だ。ブリッグズ山に棲息(せいそく)する熊――立ち上がると体長二メートル超――と戦える程度には腕が立つ。しかし子供から向けられる切実な眼差しには、どうにもかなわない。もし我が子が生きていたなら、ちょうど同じ年ごろだろうと思うと、なおさら。

そして今度の旅行もまた、イズミに新しい出会いと驚きをもたらした。東部の山道をのんびりと行く、幌馬車の旅の中で、イズミは風変わりな人物に出会った。

野盗に襲われ上着を穴だらけにされた、目の前のヒゲの男性が——まさか。

「いや～、エドとアルの親御さんだったとはね」

「そちらこそ、息子たちの師匠だったとは。ふたりが大変お世話になったようで」

「たいしたことはしてないですよ」

エドとアルの家庭の事情は、当人たちからおおよそのことは聞いている。父親が家を出て長らく不在であることも、苦労を重ねた母親が病でこの世を去ったことも。そして母恋しさから、兄弟が人体錬成に走ったことも。

「私は親らしいことを何もせず家を出てしまったので……」

「……もっときちんと、あの子たちに話すべきだったんじゃないですか。そうすれば、寂しさに駆られてあんな……母親を蘇らせようなんてこと……」

イズミはそこまで言って口をつぐんだ。エルリック兄弟に錬金術を教え、人体錬成に必要なだけの知識を与えたのは、ほかならぬイズミ自身だ。

兄弟が弟子入りを願い出たとき、イズミはその熱意の裏になんらかの事情があることを薄々察していた。だからもし彼らが誤った道を選ぼうとしているなら、それを正してやるのも師匠の務めだと、そう決意したうえで弟子にした。

誰かに弟子入りすることは、つまりは新しい環境に身を置くことだ。どんな分野であれ、それなりの覚悟がいることだろう。だが同じように、師には師の覚悟というものがある。イズミは自他ともに認める厳しい師匠だ。口に出して褒めたことはないが、エドとアルは聡明で、それぞれ豊かな資質に恵まれている。ふたりに錬金術を教えたこと自体には後悔はない。

しかし人体錬成を止められなかったことは——師匠として痛恨の極みだ。

「……本当は、あの子たちを巻きこみたくなかった……」

深くうなずくホーエンハイムにどう声をかけるべきか、言葉を探そうとしたとき。

胸から喉へかけ、絞り上げられるような痛みが突き上げる。身体を二つ折りにして、イズミは激しく咳きこんだ。

「イズミ！」

大丈夫と夫を手で制するイズミの肩に、ホーエンハイムが優しく触れる。

「シグさん、車を拾ってきてください」

「わかった！」

夫が駆け足でその場を離れると、ホーエンハイムはイズミを地面に座らせて言った。

「イズミさん——あなた、真理を見たね？」

ごまかせない、と直感する。

「……何を犠牲にした？」

「……内臓を少し持って行かれた。死んだ子を蘇らせようとして……結果、もう二度と子供を望めない身体になった」

師弟そろって大馬鹿者だと、イズミは思う。

弟子に同じ轍は踏ませたくないと、口を酸っぱくして人体錬成には手を出すなと言っておいたのに――。

真理に触れてから、イズミは錬金術師と名乗るのをやめた。思えば錬金術師である以前にシグの妻であり、精肉店のおかみであり、ただの主婦なのだ。だから緊急の場合をのぞき、必要以上に錬金術に頼ることはすまいと決めた。直せるものはなるべく自分の手で直すよう、壊れた玩具を持ちこむ近隣の子供たちにも、そう諭している。

「……そうか……うん、そうか……」

ホーエンハイムはイズミの肩をいたわるように叩きながら、天を仰いでそうかと繰り返した。

ただそれだけのことでほんの少し救われたと――そんな気がしたとき。

腹部に鈍く響くような衝撃が走り、続いて異物感が畳みかけるようにして襲ってくる。

――え……？

何が起きたのか認識できず、おそるおそる腹に目を落とすと、ホーエンハイムの手が深々と食いこんでいるのが見えた。

どろりとした液体が喉をせり上がり、ボタボタと落ちて路面に赤い染みをつくる。

「――呼吸が……楽に……なった」

刺された腹部に触れる。服は血で濡れているのに、傷がない。

「持って行かれたものはあなたの罪の証だから戻せないけれど、腹の中をちょいと整理して血の流れを良くしておいた」

「整理って……さっきの銃弾といい、あなたいったい何者？」

「化け物……と言いたいところだが、あなたには本当のことを言っておこう」

ホーエンハイムは眼鏡を持ち上げた。

立ち上がったホーエンハイムを、イズミは呆然と見上げた。

「私はヴァン・ホーエンハイムという人間の形をした賢者の石だ」

賢者の石にはさまざまな形状があるといわれている。

鉱石や結晶に限らず、液体、粉末、半液状など。ならば人の姿をした賢者の石が存在したとしても、決してあり得ない話ではない――理屈のうえでは。

そもそも賢者の石は伝説級のシロモノであり、軍も公式にはその存在を否定している。

イズミも愛弟子たちに知らされるまで、実在するなどとは思っていなかった。

賢者の石はそれ自体が膨大なエネルギーと構築式を内蔵しているため、小石程度の大きさでも等価交換を無視した、大規模な錬成がおこなえるという。

　それが人間サイズとなると――。

　イズミさんと言って、ホーエンハイムは言葉を継ぐ。

「あなたは真理の扉を開けたにもかかわらず、こちらに戻ってこれた貴重な存在だ。おそらく人柱の候補として狙われている」

　――人柱？

　言葉通りの意味なら、犠牲のことだ。

　犠牲と聞くと、錬金術師はすぐに等価交換を連想する。イズミの命と引き換えに、何者かが等価交換をおこなおうというのか。

　扉を開けた者が〈人柱候補〉ならば、エドとアルも――。

『あの子たちを巻きこみたくなかった』という先ほどのホーエンハイムの言葉は、そういう意味なのか。

「ちょっと待って。さっきから言ってる意味がわからない。狙われるって、いったい誰に？」

「〈約束の日〉がもうそこまで迫っている。私が奴に屈すれば、この国と国民はすべて消滅する」

　人型をした賢者の石、人柱、約束の日――。

　旅がもたらす新しい出会いと驚きに、イズミはめまいを覚えた。

第一章　届かない手

どろりとした不快な感触に包まれ、エドワード・エルリックは意識を取り戻した。

仰向けに寝転がったままの体勢で、手足を動かしてみる。

右手の機械鎧(オートメイル)は——正常。

左腕にも痛みはない。両足も動く。

錬成と移動に問題がないことを確認し、慎重に身体を起こす。どれくらい眠っていたのか、時間の感覚がまるでない。

「ぶえぇ、くせぇ！　ひっでぇ臭いだ」

あたりを満たす液体を左の手指に取ってみると、粘つくような嫌な感触がした。鉄分特有の生ぐさい臭いが鼻をつく。

「これ……血か？」

空が暗い——というより、黒い。闇がどこまで続いているのかわからない。

ここはどこなのか。なぜこんなところにいるのか。

——たしか。

アルやマスタングらとスカーの隠れ家に乗りこんだのだ。そして、マスタングに恨みを募らせたグラトニーが暴走し——。

「リンと一緒に、グラトニーに呑まれた……」

——呑まれた？

グラトニーの腹に吸いこまれた瞬間、エドは何者かに見つめられているような不思議な感覚にとらわれた。かつて、どこかでよく似た体験をした気もするが、どうにも思い出せない。

今考えても仕方ないと、エドはゆっくりと立ち上がった。

足元の血の海から瓦礫や人骨がところどころ顔を出し、そこにちろちろと火が灯っている。おかげで、真っ暗闇でもかろうじて周囲の状況をたしかめることができた。

「おい！　誰かいないのか！」

──リンは無事だろうか。

「なんだよここ……誰か……ここはどこだ──っ！」

わずかな明りを頼りに、エドは少しだけ歩いてみた。血の海を蹴るたび、ざぶんと粘度の高い水音がする。あたりは見渡す限りの闇だ。歩くとはいっても、東西南北どころか前後左右さえ怪しい。方向感覚がおぼつかない。

「おーい、誰かいないのか！」

エドの叫びに、闇がしんと鳴る。

「アルー！　バカ皇子！」

背後からざぶざぶと水音が聞こえる。振り向くと、丸い光が小刻みに揺れながらこちらに近づいてくるのが見えた。

「……バカとはなんダ、バカとハ」

松明を手にした人影が、徐々に輪郭をあらわにしていく。闇を押しのけるような炎のかたまりが、リンの姿を照らし出した。

「一国の皇子になんたる言い草ダ」

「おう、無事だったか！」

良かったと、エドは胸をなでおろした。

リンは拾った人骨を柄に、あたりで燃えている火で松明をこしらえたという。おそらくマスタングが放った炎を、グラトニーが呑みこんだときのものだ。

エドは負傷したマスタングを『足手まといだ！』と中央司令部に追い返したが、思わぬ形で役に立っている。

ならば、ここは本当にグラトニーの腹の中なのか。

松明の明りを頼りに周囲を探索すると、人骨や建物、果ては列車まで、大小さまざまな残骸が見つかった。時代もバラバラだ。

ふいに、リンが待テと言ってエドを制した。

耳を澄ますと、血の海をかき分けるような足音が聞こえる。

「お前たちかよ」

「エンヴィー！」

松明の光を目指して、ここまで歩いて来たのだろう。エドとリンの姿をみとめると、エンヴィーはやれやれとばかりに近くの瓦礫に腰かけた。グラトニーが腹を開いたとき、その場にいたエンヴィーも芋づる式に呑みこまれたということか。

恰好悪い……と思ったが、口にするのはやめた。

「出口を教えてクダサイ！」

今はことを荒立てるより、下手に出るほうが得策だ。この瞬間だけ腰の低いエドを呆れたような顔つきで一瞥（いちべつ）すると、エンヴィーは出口なんてないよと素っ気なく言った。

「……ったに、余計なことしてくれた。グラトニーのやつ、このエンヴィーまで呑みこみやがって……」

「呑むって、やっぱりここはグラトニーの腹の中なのカ？」

「鋼のおチ……錬金術師サンは、ここがどこだかもう気づいてんじゃないのかい？」

エンヴィーは探るような目つきでエドを見た。

「あんたは過去に経験しているんだから」

——そういえば。

「グラトニーに呑まれた瞬間……あの感覚はどこかで……」

人体錬成に挑んだ者だけがたどり着く場所——何者かが見つめる中、身体がバラバラに分解されるような——求めるものに手が届きそうで届かない——あの感覚は。

真理の扉。

「グラトニーはお父様が作った〈疑似・真理の扉〉だ」

「……でも、オレが知っている真理の扉の中は、こんなんじゃない」

エドが見た真理の扉は、漠とした純白の世界にたたずんでいた。すべてを塗りこめるようなこの暗黒の空間とは、似ても似つかない。

「これはお父様の力をもってしても作れなかった、真理の扉の失敗作さ」

「失敗作……？」

「そう、現実と真理の狭間。出口なんてありはしない」

エドとエンヴィーの顔を交互に見比べながら、リンが口を挟む。

「おい、真理の扉ってなんダ？」

「フフッ……誰もここを出られない。力尽き、寿命が尽きるのを待つしかない。みんなここで死ぬんだ……！」

エンヴィーが片手で顔を覆った。その口元に浮かんだ薄い笑みを見て、エドはひどく不吉な予感に取り憑かれる。人間を見下しては嘲る、ふだんのエンヴィーとは違う笑いかただ。

「ウソだ！」

「ウソなんかじゃないさ、みんなここでくたばるんだ！」

焦りと絶望と自棄が入り交じった、その薄ら笑いが癪に障り、エドは思わず拳を振り上げる。

「いい加減なことばかり言いやがって！」

エドの右拳がエンヴィーの頬を直撃すると、ゴッと音がして鋼の義肢に衝撃が走った。ビリビリとした痺れが肩まで響き、エドは思わず眉を寄せる。

「こいつ……」

人間を殴った感触ではない。もっと、硬くて重い——。

「……やるか、ガキども！」

エンヴィーが怒気を発散しながら立ち上がる。

「……冥途の土産にいいもの見せてやるよ」

激しい錬成光が闇にひらめき、エンヴィーの骨と筋肉がきしむような音を立てて大きく変形していく。膨張した胴体から三対の足が伸び、長く発達した背骨は尾となって大蛇のようにのたうつ。大きくめくれ上がった唇からは白い歯が整然とのぞき、その隙間から唾液がとめどなく流れ——。

「これってなんだかやばい感じだよナ……」

「ああ……」

ふいに、第五研究所での戦いが頭をよぎる。エンヴィーの蹴りは、たしかに異様に重かった。つまり、見た目にそぐわない質量の持ち主ということだ。

目の粗い鱗に覆われた、獣ともトカゲともつかぬ巨体──その脇から六本の足が伸びている。

あらわになった〈嫉妬〉の醜い本性を、エドは呆然と見上げる。

──ゴォウオオオオ───!

エンヴィーの咆哮に、血の海が大きく波打った。

※

求めるものに手が届きそうで届かない。

救おうと手を伸ばしても、やはり届かない。

アルフォンス・エルリックは、これまでの人生で幾度かそんな経験をしている。

腹を開いたグラトニーの射程に、兄とリン、そしてエンヴィーが固まっている。

「兄さん!」

助け出そうと精いっぱい手を伸ばしたアルの眼前で、三人の姿が消失する。食われたとか呑まれたというより──消えたのだ。一瞬のうちに。

残されたエンヴィーの下半身が──ランファンに化けていた──、チリとなって風に散っていく。そのさまを眺め、グラトニーが間のびした声をあげた。

「あー……人柱、呑んじゃった」

アルは力任せにグラトニーを引き倒すと、その上に馬乗りになり、腹から突き出た牙を強く掴んで兄とリンの名を何度も呼んだ。

「兄さん、リン――!」

「エンヴィーも呑んじゃった……」

腹はまだ半開きのままだ。アルは掴んだ牙を激しく揺さぶり必死にこじ開けようとする。

「出せよ!　兄さんとリンを出せよ!」

「むり……呑んじゃった」

牙は内側に小さく丸まり、裂けた腹が縫い閉じるようにふさがっていく。

ウソだろ……と、アルが身体を起こす。

「……兄さん……うわあああああ!」

絶望の叫びをあげて、アルは地面に突っ伏した。

崩れかけの廃工場に座りこんだまま、アルはいつまでも動けないでいた。動こうにも、膝に力がこもらない。

なすすべもないのは、グラトニーも一緒らしい。アルの周りをうろついたり、しきりに顔をのぞきこんでは様子をうかがったりしている。

グラトニーは丸い身体をさらに丸めて、アルに話しかけた。

「おで、どうすればいい……？」

「知らないよ、そんなこと」

「……おとーさまに怒られる」

マスタングを狙い、暴風のように荒ぶっていたグラトニーが、今はしょぼんとして小さくなっている。まるで小さな子供だとアルは思った。

「……おとーさまって、父親がいるの？」

「いるよ～」

「人造人間(ホムンクルス)を創ったひと？」

「つくったよ～。おとーさま、なんでも知ってる。なんでもつくれる」

「じゃあ、兄さんたちがどこへ行ったかも!?」

「たぶんねー」

アルはグラトニーの出っ張った腹を手で押した。鎧の身体では感触をたしかめることはできないが、ぶにぶにと弾力があることはわかる。並外れて分厚いものの、おそらく人間の脂肪と変わらないのだろう。

にもかかわらず、この腹は人間といわず建物といわず無尽蔵に呑みこめるように見えた。ならばその質量は、いったいどこへ行ったのか？

──何か。

何か、からくりがあるのだ。

「そうだ、まだ兄さんは死んだと決まったわけじゃない……。しっかりしろ！　ふたりで元に戻るって決めただろ！」

わだかまる不安を追い出すように、アルは鎧の頭をガシャガシャと叩いた。兄か自分か、どちらかが諦めたらそれで終わりなのだ。

「グラトニー、ボクを連れてゆけ！　その父親のところへ！」

アルが勢いよく立ち上がる。

グラトニーは黒目のない眼でアルの顔を眺め、しばらく考えるようなそぶりを見せてから言った。

「おまえ、とびら開けた？」

「開けた、開けた」

「おまえ人柱だから、つれてったらおとーさま、よろこぶ？」

「喜ぶよーめっちゃ喜ぶよー」

アルがぺらぺらと言葉を並べ立てると──特に嘘は言っていない──グラトニーは嬉し

そうに笑った。

日が暮れた。グラトニーは人目につくから、移動するなら今がチャンスだ。

グラトニーに導かれるままアルは廃工場をあとにし、夜の路地裏を行く。

「まだ……望みはあるはずだ」

手を伸ばし続けよう。求めるものに届くまで。

※

威嚇するようなエンヴィーの咆哮に、闇がぐらりと揺れる。

体表は水棲生物を思わせる鱗に覆われ、脊椎(せきつい)に沿って無数の牙のような突起が生えている。悪意をたたえた目つきと、頭部にべったりと貼りついた長い黒髪だけが、エドが知るふだんのエンヴィーの姿を思い起こさせた。

しかし何よりエドの心に引っかかったのは、胴から顎(あご)のあたりにかけて貼りついた無数の人面だった。生きている――生きて、ぶつぶつと何ごとかをつぶやいている。

「武器、出せるカ?」

「任せろ」

エドは両手を合わせ、ふたり分の武器を錬成する。この血の海だ。材料となる鉄分はいくらでもある。エドは右手の機械鎧に刃を、リンには使い慣れているだろう刀を用意した。ついでとばかりに柄に施しておいたドクロの飾りは、エドの趣味だ。

エドとリンは二手に分かれ、同時に攻撃を仕掛ける。

小山のような巨体だ。動きもにぶいはず――と踏んだが。

別の生き物のように動く尾がエドを吹き飛ばしたかと思うと、意外にも器用な前足がリンを身体ごと薙ぎ払う。戦い慣れているはずのふたりが、あえなく血の海に叩きつけられた。

「リン！」

血だまりから身体を起こすと、エドは果敢にエンヴィーに斬りかかる。

その眼前に、人面がひとつ――涙を流して。

「殺して……」

せきを切ったように、ほかの人面が口々にエドに訴えかける。

おねがい……タスけて……こっちに来い……ママ……見るな………あそぼうよ……。

怨嗟と苦悶と、はかない望みと――剥き出しの魂が垂れ流す感情の奔流に、エドの意識が呑まれそうになる。

――きゃはははははは！――

凍りつくエドを嘲るように、すべての顔が頓狂な笑い声をあげた。

助けなければ。

そう思った。たとえどんな姿でも、彼らを〈人間〉として認めなければ——そうでなければ、魂のみの存在である今のアルを否定することになる。

そう思うのに、身体が動かない。

そのとき、白い刃のきらめきが人面を両断し、エドを現実へと引き戻す。

「ぼさっとするナ！　バカ野郎！」

「人が……中に人がいた……助けを求めてる！」

「割り切レ！　あれは化け物ダ！」

リンの叫びがどこか遠く、耳鳴りのように聞こえる。

追い打ちとばかりにエンヴィーの尾がしなり、エドを弾き飛ばす。背中をしたたかに打ちつけ、息が止まるような衝撃が全身に広がる。

頭がうまく回らない。人面たちの哄笑(こうしょう)に交じって、リンの呼び声が聞こえたような気がした。

エドはどうにか首を傾け、脈打つように痛む左腕に目をやる。おそらく折れているのだろう。

その先に、大きな瓦礫が見えた。

刻まれているのは、太陽を呑みこむ獅子。

──太陽と……獅子？

瞬間、電流にも似た衝撃がエドの全神経を貫き、目に見えない線が脳内で接続する。視線の先にあるただの瓦礫が、かつて目にした別の図像と結びつき、あるひとつの錬成陣へと形を変える。

生ぐさい息がエドの鼻先をかすめる。エンヴィーが口を開けると、舌の代わりに無数の人面がぼとぼとと垂れ下がり、エドを取りこもうとか細い腕を伸ばす。

「待て！」

誘うような人面どもの手を、エドは思い切り振り払う。

「出られる！　ここから出られるかも知れない！」

※

グラトニーの導きでアルがたどり着いた先は、路地裏のさらに奥まったところにたたずむ、ごく目立たない建物だった。今にも外れそうな扉をくぐり、地下へと続く階段を下りていくと、下水道のような場所に出た。

「こんなすごいところが中央の地下にあったんだ……」

機械の動作音のような低い振動が、絶え間なく響いている。たしかに下水道に似ているが、アルが知るそれよりずっと堅牢で立派だ。

しばらく進むと、通路に白いものが転がっているのが見えた。人の頭蓋骨だとわかると、アルは小さく驚きの声をあげる。壁や床には赤茶けた液体の跡が、絵の具をぶちまけたように散っていた。

「なんだよ、これ！」

人造人間が、人の命を単なる〈資源〉と見なしていることはよく知っている。そうした輩のアジトへ乗りこもうというのだから、それなりの危険も承知の上だ。それでも、なんの前触れもなく人骨を見たらやはり驚く。

グラトニーは、あーと呑気に返事をした。

「門番のしわざだよー。でも、おでといれば何にもしないよ」

頭上から不穏な視線を感じ、アルは天井を見る。金網張りの天井裏から、無数の瞳が獰猛な光を放ってこちらを見つめている。

──何かいるし……。

天井を気にしながら、しかし目は合わせないように、アルは気を引き締めて歩みを進める。

「……お父様とやらのところは、まだ先？」

「まだまだ先ー」

どれくらい歩いたか、通路の最奥にひときわ大きな扉が現れた。グラトニーがゆっくりと扉を押し開くと、暗い室内の床にひと筋の光が落ちる。

部屋に足を踏み入れるなり、アルはうわぁーと小さく声をあげた。

「気味悪いところに来ちゃったなあ……」

大小さまざまな歯車が重々しい音を立てながら回り、無数のパイプが血管のように入り組んで床や壁を這（は）っている。巨人の体内に入りこんだような気分だ。

「おとーさま！」

グラトニーが両手を振り上げ、無邪気に父を呼ぶ。

「人柱つれてきた！　ひとばしら！」

——早っ！

グラトニーの挙動は幼い子供そっくりで、アルには予想がつかないところがある。

お父様とはいったい何者なのか。どう頼めばエドとリンを救う手立てを見いだせるのか。そもそも頼みを聞いてもらえるのか、それさえ未知数だ。

心の準備が追いつかぬうちに、奥の暗がりから人影が現れた。

「誰だ？」

抑揚のない、低い声が空気を震わせる。

この国の服装ではない。異国の神話や伝説に語られる賢者のような、威厳あるたたずまいの男が、長い衣の裾を引きながらゆったりと姿を現す。

——まさか。

人造人間たちが〈お父様〉と呼ぶ存在を前に、アルは稲妻に打たれたように立ちすくむ。

兄弟が知る人物によく——とてもよく似ている。

決して見慣れた顔とはいえない。

それでもアルにとっては忘れがたい男の姿が、そこにあった。

※

エンヴィーが瓦礫を集めてくるたび、足元の血の海がぱしゃりと跳ねる。その様子を横目で見ながら、エドは瓦礫に描かれた図像をにらんだ。このあたりに散っていた錬成陣の欠片は、これで全部のはずだ。

「これみんな、クセルクセス遺跡のものカ？」

「ああ、遺跡の神殿にあった大壁画のものだ」

やっぱりだと、エドはうなずく。賢者の石の錬成陣とよく似ているが、非なるものだ。

「この壁の全体像な……人体錬成の陣だ」

「……ハ？」

「しかも陣を形作る基礎がな、〈当たり前の人間〉を表してる」

　錬金術では、人間は〈魂〉、〈精神〉、〈肉体〉の三要素から成るとされている。それぞれに対応する記号は太陽、月、石——つまり、これらが描かれた陣は〈当たり前の人間〉を示すことになる。

「で、閃いたんだが。死んだ人間を人体錬成するのは不可能だが、生きた人間を人体錬成し直すってのはどうだ？」

　錬金術による死者の蘇生が不可能な理由は、実はごく簡単だ。

　死者は存在しない。存在しないものは錬成できないという、残酷なほどシンプルな理屈で説明がつく。だが、この理屈は逆説的に〈生きている人間は錬成できる〉ことを示している。

「つまり、オレがオレを人体錬成することはできるかもしれない……ということだ。人体錬成には違いないから、扉は開く」

「ふん。本物の真理の扉が開けば、ここから出られるってことか」

　グラトニーが偽りの扉だというなら、正しい扉をくぐれば正しい空間に出られる。エドのアイデアに、エンヴィーは納得したような口ぶりで言った。

「失敗するとどうなル？」

「リバウンドだ。最悪の場合、みんな死ぬ」

「何もしなくてもいずれ死ぬんだ。だったらさっさとやろうぜ」

せかすエンヴィーを、エドが探るように見上げる。

「ここを出る前に、ひとつ聞きたいことがある」

「なんだよ」

エドは足元の血を手に取ってインク代わりにし、瓦礫の上に錬成陣を描きつけた。

「オレが見たクセルクセスの大壁画。ざっとこんな感じだ」

術者が何を目指したのか、錬成陣にはその目的意識や思想が表れる。

神の名を上下逆さに記した文字は、〈神を堕としめて、我がものとする〉意志を感じさせる。円の中央に描かれた雌雄同体の竜は、〈完全な存在〉を意味する錬金術の比喩表現だ。

ずいぶんと傲慢（ごうまん）な術者だが、しかし最大の問題は先ほど発見した〈太陽を呑みこむ獅子〉——賢者の石を示す記号にある。

「賢者の石の材料は生きた人間……そうだな？」

「そうだよ。正確には生きた人間から、魂だけを抽出して凝縮した高エネルギー体だ」

「以前、クセルクセスの遺跡に行ったが、あれほどの技術を持った国が一夜で滅ぶなんて考えられない……移民として他国に行ったって話もないしな」

エドは大壁画の残骸を見る。

これがグラトニーの腹の中にあるということは——。

「これって、証拠隠滅だよな？」

お前らよぉと言って、エドは斬りつけるような眼差しでエンヴィーをにらむ。

「クセルクセスの国民全員、賢者の石にしちまったな？」

「ちょっと待テ！　国民全員って、どんだけのエネルギーだヨ!?」

「それほどのエネルギーを取りこんで、自分自身を錬成したのは誰だ？　強大な賢者の石という付加価値を己につけて、神をも超える存在になろうとしたのは何者だ!?」

――〈お父様〉か。

エドの問いに、エンヴィーはいつものにやにや笑いで応える。

「ここから出られたら教えてやるよ」

それより――と、エンヴィーがエドの心を見透かすように言葉を継ぐ。

「回りくどい話はやめようよ、鋼の錬金術師。お前が今欲しいのは、まさしくこれだろ？」

エンヴィーが大きく口を開けると、舌の根元あたりから無数の人面が絡み合うようにのぞいた。

エンヴィーは言葉を濁したが、みなクセルクセスの人々だ。戻るべき肉体も精神も失われ、己が誰だったのかも忘れて、あとはただエネルギーとして消費されるだけの――。

生まれた国も時代も違う、いにしえの人々。しかしそれぞれに生活と人生があったはずだと、エドは思う。

人間の定義にどう線を引けばいいのか、答えの出ないまま痛む腕を持ち上げる。

「……すみません、使わせてもらいます」

扉をくぐるには〈通行料〉が必要となる。誰も犠牲にしないと決めても――賢者の石にされた人々も含めて――きれいごとだけでは乗り切れない現実が、エドに重くのしかかる。

「行くぞ！」

エドが両の手のひらを合わせると、無風の世界に一陣の風が巻き起こり、足元に巨大な眼が開く。術者の一挙手一投足を監視するかのような、なんの感情も浮かばない、厳正たる眼。その眼の周囲から無数の手が伸び、三人を引きこもうとうねり、のたうつ。

「今だリン！　飛びこめ！」

「……信用してるゾ、錬金術師！」

エドの合図でリンが、続いてエンヴィーが、逆巻くエネルギーの渦に身を投じる。ふたりの身体が分解され、渦の中心へと消えたのを見届けると、エドも意を決し飛びこむ。グラトニーに呑まれたときとよく似た感覚が、全身を駆けめぐる。

――ありがとう。

飛びこむ瞬間、エドは何者かのか細いささやきを背中で聞いた。

重く厳かな音を立て、扉が閉じる。

一点の染みも、わずかな濁りも赦さない、厳粛な白。

境界の見えない、茫漠たる世界にエドは放り出された。

〈持って行かれた〉エドの右腕と左足は、真理の扉の前にある。肉体と魂をつなぐ精神をたぐりながら、流れに身を任せ、エドは再び真理の扉にたどり着いた。

「よし、来たぞ……」

これまでの人生、生き方が刻まれているという巨大な扉が、エドの前にものものしくそびえる。

これをくぐれば元の空間に——と思ったとき。背後に懐かしい気配を感じ、エドは思わず振り向いた。

——あの後ろ姿は。

「アル！」

伸び放題の髪をわずかに揺らして、アルがゆっくりとこちらを見る。

薄く削げ落ちた肉の下から、背骨や肋骨の形がはっきりとわかるほどに浮いている。

——こんな。

誰もいない場所でひとりきり、膝を抱えて。

たまらない思いに駆られて、エドは弟の名を何度も叫ぶ。

「アル！　来い！　早く！」

扉が開く。

向こう側から影絵のような腕が伸び、エドの身体を掴む。だがアルは伸ばされた兄の手を取ることなく、ただ静かに微笑んでみせた。

「……君はボクの魂じゃない──一緒に行けない」

強く噛み締めた奥歯から、思わず声が漏れる。

──くっ……！

「そおおおっおおおおお──!!」

求めるものに手が届きそうで、届かない。

何度この悔しさを味わえばいいのだろうと、エドは腹の底から叫ぶ。

「アル！　アルフォンス！」

抗いがたい力に捕らわれ引きずられながら、エドは扉の縁に両手をかけ、精いっぱい身を乗り出す。

「いつか必ず迎えに来るぞ！」

扉の隙間から、エドは鋼の指先でアルの心臓のあたりを指さした。

「……待ってろ！」

視野が狭まっていく。アルがうなずくのがかろうじて見え──扉が閉じた。

まさか——〈お父様〉とは。
人造人間を生み出し、軍に賢者の石を造らせ、自分たち兄弟を〈人柱〉と呼んでつけ狙っているのは。

※

立ちすくむアルのかたわらで、グラトニーがあれ？　と弛緩した声をあげた。

アルが驚く間もなく——グラトニーの腹が熟れた石榴のように破裂する。

ゴボリと水っぽい音を立てて肉が裂け、大量の血が勢いよく噴き出した。腹の奥にのぞく巨大な単眼が、白目を剥いて涙を流している。

何か強い力が、腹を内部からこじ開けるような——。

「ぎぃぃぃぃぃあぁぁぁぁ！」

おぞましい悲鳴をあげて、グラトニーはたまらず床に転がる。その腹を内から突き破り、鱗に覆われた巨大な足が現れた。

グラトニーの腹を破るように、六本の足をもつ巨大な怪物が這い出す。胴といわず喉元といわず、不気味な人面をぶら下げたそれを〈お父様〉はエンヴィーと呼んだ。

「エンヴィー!?　あれが!?」

——兄さん！

エドの姿を探して、アルは素早く視線を走らせる。人面のかたまりの中から、見慣れた鋼の左足がのぞいている。

「兄さん！」

アルはその足をむんずと掴むと、力任せに引っ張り上げる。逆さ吊りの体勢から、兄がこちらを見て叫んだ。

「アル！ ……ってことは……」

「戻れたナ……」

リンのうめき声も聞こえる。

「ケガ……血が！」

「大丈夫だ。オレの血じゃない」

あわてふためくアルをなだめながら、兄はリンと無事を祝い合うように拳を合わせた。

鎧の身体はこんなとき不自由だと、アルは思う。嬉しいときも悲しいときも、涙が出ない。

アルは体当たりをするように兄に抱き着いた。空の鎧が衝撃でガンと音を立てる。

「兄さん！ 無事だったんだね！」

「いでででで！ 鎧のカド！ ごりごりって！ ンギャー折れる!!」

「よかった!!　無事だった!!」

「お前、大げさなんだよ！　心配し過ぎ！」

兄さん、兄さんと、アルは何度も繰り返す。

「兄……生きてた……よかった……」

力なく座りこむアルの頭に、エドの手がそっと触れる。

「……悪かった、心配かけたな。そうだよな……つらかったよな……恐かったよな」

「……腹から人が出て来た。これはどうしたことだ？」

驚いた――というわりには抑揚のない声で、お父様が言う。

声の主を見て、兄の表情が凍りついた。

「ホーエンハイム!?」

第二章　強欲

いかめしい顔つきをした、顎ヒゲのこの男は。

「ホーエンハイム!?」

真理の扉をくぐり抜け、グラトニーの腹から脱出を試みたエドは、どこか薄暗い場所に放り出された。顔にどろどろとまとわりつく人面を、まだ動く右手で払いのける。

夜なのか、あるいは地下室か。アルがいるということは、元の空間に戻れたということなのだろう。

父親とは呼びたくない男が、じっとこちらを見下ろしている。

偉そうな恰好をして、ふざけているのか——とエドは思った。上等そうな裾の長い衣は、シン風ともイシュヴァール風とも異なる。

「鋼の手足に鎧……お前たち、エルリック兄弟か?」

男がぐいと顔を近づけてくる。突発的な動作にエドはぎょっとして思わず後ずさった。

「……奴じゃ……ない?」

ホーエンハイムに兄弟がいた話など聞いたことがない。ならば、この男は何者なのか。

「誰かと間違えていないか?」

待て……と、男は顎に手を当ててしばらく考える。

「ホーエンハイム……ヴァン・ホーエンハイムのことか?」

そう言って男は再びエドの前に顔を突き出し、ぎょろりと眼を剥いた。妙な違和感を覚えて、エドはささっと距離を取る。表情がどこか作りものめいているのだ。

「奴はお前たちとどういう関係だ？」

「一応、父親……」

アルが答えると、男は一呼吸置いてから父親！　と叫び、両手でエドの顔をがっちりと挟んだ。

「驚いた！　あいつ子供なんぞ作っておった！」

エドの顔をわしわしと撫でまわしながら、男はさも愉快そうに笑う。力加減がわからないのか、エドの乱れた髪がよけいにボサボサになった。

「お前たちの姓は〈エルリック〉ではなかったか？」

「エルリックは母方の姓だ！　ホーエンハイムと母は入籍していない！」

男の手を振り払うと、エドは厳しい口調で詰め寄る。

「あんた何者だ⁉　ホーエンハイムとそっくりじゃないか！」

「生きていた……そうだ、あれが死ぬはずない……」

エドの質問には答えず、男は口の中で何ごとかをつぶやいている。

「話を聞けよ！」

エドの大声で男は我に返ると、こちらに向き直った。

「ケガをしているのか」

男がぞんざいな手つきでエドの左腕を取る。錬成光が走ると同時に、骨折の痛みが消失した。

――待て……今、こいつ……!?

男はなんのモーションもなしに術を発動させ、エドの傷を癒した。

扉を開き、真理を見た者でさえ、両手を合わせる動作が必要だというのに。

「これでいいか?」

言葉を失うエドに、男はこともなげに言った。

「来たるべき日が来るまで、身体を大事にせねばならんぞ」

ほかにケガはと訊ねる男に、アルが答える。

「リンもケガを……」

弟の視線の先をたどると、リンが男のほうへと剣を向けている。

その切っ先が、わずかに震えている。いつもは泰然としているリンが浅く息をつき、額に冷や汗をにじませている。

「何だお前ハ……!」

「そのまま返そう。お前こそなんだ?」

「ありえなイ……中に無数にいるゾ……多過ぎル……!」

「……ああ。ラースが言っていたシンの皇子か」

腹の底から興味がなさそうにリンを見ると、男はグラトニーを呼び、飼い犬に指示するように言った。

「食べていいぞ」

「はあーい」

口からよだれをこぼしながら、グラトニーが屈託(くったく)なく笑う。エドは、待て待てと、すかさずその間にすべりこんだ。

「こいつはオレの仲間だ！　人柱(オレ)の顔に免じてだなあ！　ここはほら！」

なっ？　と取りなすエドを、男は感情のこもらない眼で一瞥する。

「そんなことは知らん。私には必要のない人間だ」

「なんだと!?」

いきり立つエドに、アルが鋭く制止の声をあげる。

「あいつ、人造人間(ホムンクルス)に〈お父様〉って呼ばれてる。奴らを創った張本人らしい」

すなわち悪人か――とエドは思う。たしかにケガは治してもらった。しかし人造人間の親玉である以上、やはり根本のところで相容れない。

お父様はもう一度グラトニーを呼んだ。

「そうはさせない！」

エドが両手を合わせ、地面に手をつく。敷石が小さな山脈のようにささくれ立ち、お父様に向かって一直線に襲いかかる――はずが。

術が発動しない。

床にかがんだままの姿勢でエドは愕然とする。何かの間違いだともう一度両手を鳴らすが、何も起こらない。アルも追随するが、やはり錬成がおこなえない。

「大人しくしなよ、おチビさん」

突如エンヴィーの巨大な足が降ってきて、エドとアルをねじ伏せる。グラトニーもまた巨体に似合わぬ素早さでリンの背に馬乗りになり、刀を奪って口に放りこんだ。

なぜ――なぜ錬金術が使えないのか。アルとともに、物心ついたときから錬金術を学んでいるが、一度たりともこんなことはなかったはずだ。

アメストリスの錬金術は地殻運動エネルギーを利用したものだ。ならばこのエネルギー源に、なんらかの異常が生じたのだろうか。

「くそっ、なんなんだあのヒゲ!」

エンヴィーに押さえこまれながら、エドは奥歯を噛み締める。

「威勢のいい奴らだ……おおそうだ。人間という資源を無駄にしてはいかんな」

そう言って、お父様はリンを見た。

※

「使える駒を増やせるかも知れん」

お父様が指でみずからの額をなぞると、そこに第三の眼が開いた。ボコボコと液体が沸騰するような音がしたかと思うと、眼から深紅の涙がこぼれ、お父様の手に落ちる。

「赤い……賢者の石だ」

アルのつぶやきが聞こえた。背にのしかかるグラトニーの重みに耐えながら、リンはどうにか頭を起こす。

「賢者の石だト!?」

リンを皇帝の座に押し上げ、ヤオ族の人々に豊かさと幸福をもたらし得るもの。求めてやまないものが今、ここにある。

黙って成り行きをうかがっていたエンヴィーが、悪意と愉悦（ゆえつ）の混じった声で言った。

「あれをやる気だね」

「あれ？」

「血液の中に賢者の石を流しこむと、人間からも人造人間は創れる。ま、大抵は石の力に負けて死ぬけどね」

リンの頭の上から、お父様の重々しい声が落ちてくる。

「今ちょうど〈強欲（グリード）〉の席が空いている」

おおおおと、エドの雄たけびが闇をつんざく。

「人造人間にするって……やめろっ！　放せエンヴィー！」

リンの名を呼びながら、エドとアルがバンバンと床を叩く音が聞こえた。やはり術が発動しないのだろう。

「てめえコラ、ヒゲ！　やめろ！　そいつには待っている奴がいるんだよ！」

エルリック兄弟の気持ちはありがたい。はるばる大砂漠を越えた先で、良き仲間に出会えたと思う――が。

「手を出すナ！」

リンは決然と言った。

「賢者の石を手に入れるために、この国に来タ！　それをわざわざこの身体に入れてくれるといウ！　願ったりかなったりダ！」

「ほう、我が〈強欲〉を望むか」

面白い――と、お父様が手の中の赤いしずくを落とす。

頬に落ちたそれは瞬く間に皮膚を食い破り、血管に侵入してリンの全身を駆けめぐる。引きちぎられるような恐ろしい激痛を、リンは背を丸めて耐えた。

「があああああああああ！」

「リン！」

「手をッ……手を出すなと言ったはずダぁあああ！」

遠のく意識の中で、自身の絶叫とエルリック兄弟の呼び声が溶け合う。

「……俺を誰だと思ってるんダ！　シンの皇帝になる男……」

――リン・ヤ……！

自分ではない何者かが、意識に侵入してくるのがわかった。

エドには『割り切レ』と忠告したが、賢者の石が単なる高エネルギー体ではないことを、リンは身をもって思い知る。

人格も理性も失われ、ただ本能にも似た感情を垂れ流す魂の群れ。石に内蔵された魂が、大挙してリンの意識を蹂躙し、身体を奪わんと嵐のように猛り狂う。

「ぐあああああああああ!!」

吹きすさぶ怨嗟の暴風になぶられながら、リンは苦悶の声をあげることでどうにか自我を保つ。少しでも気を抜けば、魂ごと消し飛んでしまいそうだ。

そのとき――。

リンの耳元で、がははァと高笑いする者があった。

粗暴なほどに強い自我を感じさせる、豪快な笑い声だ。

「なんでこんなところにガキがいる!?」

まァいいと、声の主は勝手に納得した。

「お前の身体をよこしな！　このグリード様が使ってやる！」

痛みを堪えつつ、リンは唇を吊り上げる。

「いいだろウ、欲深き者ヨ……この身体くれてやル！」

シンの皇帝になる男が、他人の二十や三十、受け入れられなくてどうする。そう言うなりリンは、侵入を試みる名もなき魂を掴み取り、歯で食いちぎった。

グリードは一拍置いてから、もう一度がははと笑う。

「思い切りのいい奴は好きだぜ！　だが、どうなっても知らんぞ？　後悔すんなよ！」

力が欲しいと、リンは強く願う。

手に入れるために――守るために――維持するためには、絶対的な力がいる。

力と志は両輪だ。どんなに高邁（こうまい）な志があっても、力がなくては何ひとつ実現できない。

だから皇帝になるために、より良い未来を掴むために、リンは賢者の石がもつ可能性に賭けた。

ならば後悔などあろうはずがない。

――そうでなければ。

「手ぶらで帰ったら、腕ぶった斬ってまで尽くしてくれた臣下に合わせる顔がないだろうガッ！」

　グリードはふいに高笑いをやめると、リンに向かい大きな口を開けた。

「シンの皇子か……手を組むのもアリだな……その強欲さ、気に入った！」

「さあ来いグリード！　受け入れてやル！」

　強大な力を求めるからには、リスクは承知の上。

　呑み返してやる――そう思った。強欲(グリード)を超える強欲で。

　リンは腹に力をこめ、両腕を大きく広げた。

※

　あーあと、エンヴィーがつまらなそうな声をあげた。

「うまいこと成功しやがって。ムカつくなあ、グリード」

　押さえこまれた姿勢のまま、エドは首だけを動かしてエンヴィーを見上げ、次にリンを見た。

　膝から崩れ落ちたまま、リンは微動だにしない。

　どれくらいの時間が経ったのか。

　リンがゆらりと身体を起こし、力強い足取りで床を踏みしめると、愉快そうにがははと笑った。先ほどまでの苦しみようが嘘のようだ。

「なかなかいい身体だ！　生んでくれてありがとよ、親父殿！」

かしずくリンを見下ろして、お父様は無表情のままうなずいた。

左手の甲には、ウロボロスの紋が浮かんでいる。

――まさか。

「リン……は……？」

「面白いガキだったぜ。だが悪いな、この容れ物はグリード様がもらった！」

声も姿もリンのままだ。しかしエドが知る飄々(ひょうひょう)としたたたずまいはなりをひそめ、どこか険のある顔つきになっている。

リンとは長い付き合いではない。第一印象も、お世辞にも良いとはいい難い。

厚かましくて、したたかで、大食らいで、およそ大国の皇子らしくない――けれど誰かのために強くなれるこの青年を、エドは内心で大した奴だと思っていた。

なんとなく悔しいから、本人には絶対に言ってやらないが。

そのリンが――。

「……あいつがそんなに簡単に乗っ取られるタマかよ……！　リン！　返事をしろリン！」

「グリードだ！」

知るか！　とエドが返す。

「目を覚ませ、バカ皇子！　おめーの国は……ランファンはどうすんだ!?」

リンの——グリードかも知れない——口元に浮かんだ不遜（ふそん）な笑みが消える。ほんの一瞬、その瞳がわずかに揺れたように見えた。

「……リン、まだそこにいるんだろ!?」

エドの呼びかけに、リンは無言で答える。

エドが祖国や臣下のことを口にしたとたん、その目にグラトニーを捕ったときと同じような光が灯ったのを、エドは見逃さなかった。

「リン……あいつ」

中にいる。

根拠はない。しかし限りなく確信に近い予感が走り、エドは拳を握りしめる。

そのとき、きしむような音を立てて扉が開き、逆光にふたり分の人影が浮かんだ。

大柄な男の影が、何か肉のかたまりのようなものを無造作に投げこむ。

「あ、門番」

グラトニーが呑気な声で言った。

※

扉の隙間から射しこむ光が、室内の床に扇形の筋を落とす。

その光の先に、エルリック兄弟が巨大な怪物の足元に下敷きになっているのが見えた。

グラトニーと見知らぬ顎ヒゲの男。そして地下水道で出くわした異国の青年もいる。

スカーは幾度か、人造人間による襲撃を受けている。

しかし復讐に心の眼をふさがれていたせいで、そのわけを深く考えることはなかった。

出自そのものは、さほど問題ではないのだろう。居住地区が閉鎖されて以来、イシュヴァールの民は国内の各地に散っているのだから、スカーだけが不穏分子と見なされる理由にはならない。

思い当たるふしは、やはり国家錬金術師の殺害だ。人造人間とそれを創った者にとって、スカーの復讐がきわめて不都合だったと考えれば、それなりに辻褄は合う。

人造人間は、錬金術によって生み出された人工の生命体だと聞いたことがある。賢者の石と同じく、伝説級の存在だとも。

『この国の錬金術は、何かがおかしい』

熱心な研究者だったスカーの兄は、生前そう言っていた。

錬金術を忌み嫌うスカーにはその意味が理解できなかったが、今にしてみれば賢者の石と人造人間が存在していることからして、そもそもおかしいのではないか。

永訣（えいけつ）の日、スカーは兄から研究成果を記した書物を託された。

今になってそれがひどく重大なもののように思えて、スカーはいてもたってもいられなくなった。

くだんの書物は、別の隠れ家に保管してある。

今さら頼めた義理ではないが、メイやエルリック兄弟の力があれば、この国の錬金術の何がどうおかしいのか、兄が言わんとしたことがわかるかもしれない。

〈今になって〉だの〈今さら〉だの、自分の人生はそんなことばかりだと、スカーは思う。

それでも。

「己（お）れは、真実が知りたい……」

メイに支えられながら、スカーは崩れかけた廃工場をあとにした。左足の銃創は錬丹術でふさがっているが、癒（い）えているわけではない。

しばらく進むと、廃工場にほど近い路地で鎧の錬金術師とグラトニーを発見した。なぜふたりが一緒にいるのか。グルかとも思ったが、不死身に近い再生力をもつ人造人間はうかつに手出しできる相手ではない。

メイはしきりに鎧の錬金術師を気にかけた。一飯の恩があるらしい。

うらぶれた路地裏から地下トンネルへと降りていくふたりを、スカーとメイは距離を取りながら慎重に尾行した。

足元には絶えず地鳴りのような振動が響いている。金網張りの天井には、何かがうごめくような不気味な気配があった。

ズルリと粘着質な音がして、天井から蛇の頭が垂れ下がった。

無数の頭から絶えず毒液を撒き散らす——合成獣（キメラ）だ。

あるものは獅子の身体に蝙蝠（こうもり）の翼をもち、あるものは猿の胴に三対の腕を備えている。錬金術によって二種以上の生命を交ぜ合わせた、哀しき生き物だ。

スカーは破壊の右腕を、メイは錬丹術を駆使し、手際よく合成獣の群れを蹴散らしていく。

「ずいぶんと変わった門番ですネ」

軽く呼吸を乱して、メイが言った。

錬丹術は医療向きの術という認識だったが、スカーが思っていた以上にメイは腕が立つ。

大物を一匹、仕留めたところで、いかにも何かありそうな扉に行き着いた。スカーは扉を押し開き、挨拶（あいさつ）代わりとばかりにそれを部屋に投げ入れてやる。

暗がりに目が慣れてくる。

顎ヒゲの男を見るなり、メイはぶるりと震えてスカーの後ろに隠れた。

「あの人いやダ……人だけど……人じゃなイ……」

たしかに――どれもこれも人ではない。

鎧の錬金術師は、ひどく巨大で醜怪な生き物に拘束されている。どうやら人造人間とはグルではなさそうだと、スカーは判断した。

「グラトニー、片づけろ」

「はぁい！」

怪物がグラトニーをけしかけると、今度は鋼の錬金術師が鋭く叫んだ。

「スカー！　ここでは術が使えな……！」

警告を無視し、いつもどおり破壊の右腕を放つと、グラトニーの左半身が豪快に吹き飛んだ。

メイは鎧の錬金術師が虐げられていることが、よほど許せないらしい。握りしめた小さな手が、ぶるぶると震えている。

「よくもアルフォンス様を……天誅！」

床に鏢を打ちこみ手をつくと、敷石が大きく膨れ、拳の形に変形して怪物の顎をとらえる。

「な……んで……」

石の拳を顎にめりこませたまま、怪物がうめいた。

「なんで使える!?」

　怪物の足元から抜け出したエルリック兄弟が両手を合わせる――が、どういうわけか錬金術が発動しない。

「え、なんで？」

　奇妙な状況だと、スカーは思った。人と人ならざるもの、双方が入り乱れ『なぜ』を連呼している。

「おい、お前」

　声のほうに振り向くと、ヒゲの男がスカーの目をのぞきこんでいる。

「なぜ、ここでお前の錬金術は発動する？」

　スカーの背に冷たい痺れが走る。

　反射的に男の顔を掴み、術を発動する。人体破壊の手ごたえはあった――が、男の顔は崩れることなく、わずかなダメージさえ受けた様子もない。

　直立不動のまま、男はうむとうなった。

「たしかに発動している。人体破壊……いや分解か」

　男が軽く腕を払う。飛びのいたスカーを追いかけるように錬成光がひらめき、右腕に裂傷が走る。

　恐ろしい――と思った。

　スカーは敵が多い。国家錬金術師から人造人間まで、さまざまな力をもつさまざまな敵と相対してきた。しかし目の前の男は、次元が違う。

力を循環させる動作も見せず、術を発動させるなど。

「一瞬遅れたら粉々だったな……」

未知の存在に対する原初的な恐怖が、スカーの喉首に巻きつく。

「スカーさン！」

スカーの援護に回ろうとメイが身をひるがえす。その一瞬の隙を突き、グラトニーがよだれを撒き散らしながらメイに突進した。

「いただき……！」

いただきますと言い切らぬうちに、鎧の錬金術師がその足を払い飛ばしメイを抱え上げる。

「大丈夫か!?」

鎧が重量感ある音を立て、扉へと向かい猛然と走り出した。傷ついた右腕を押さえながら、スカーもあとを追う。

「……ここは一旦退却するぞ！」

痛みを堪え、右手をかざす。床に這うパイプを破壊し、さらに流出した水を分解する。

水蒸気と粉塵が混じり合って霧のようにあたりを包み、この場に存在するものすべての輪郭をあいまいにする。

「目くらましのつもりか？　こんなもの……！」

怪物の嘲笑には一切構わず、スカーは鎧の錬金術師の頭部を掴み取ると、勢いよくパイプに投げつける。剥き出しの金属部分に散った小さな火花は瞬く間に爆炎となり、暗い部屋にわだかまった空気を吹き飛ばした。

「ああもう！　ムチャするなあ」

鎧の錬金術師から抗議の声があがり、煙の向こうに小山のようなシルエットが立ち上がるのが見えた。硬い鎧に護られ、メイも無事らしい。

焦げくさい臭いが漂う。

エルリック兄弟と――もうひとり分の足音を背中で聞きながら、スカーは長いトンネルを駆け抜けた。

※

アルフォンス・エルリックの手が鎧の頭部を拾い上げ、煙の中に消えていくのが見えた。

「粉塵爆発か……」

やりやがったなと、エンヴィーは歯噛みをした。

「……グリードもいないよ」

グラトニーが指をくわえ、残念そうに言う。新しい兄弟の誕生を喜んでいたのは、誰よりグラトニーだ。

まったく能天気な奴だと、エンヴィーは心の中で舌打ちをする。

本来であれば、エンヴィーにとっても兄弟は特別な存在だ。同じ父親から魂を分け与えられた仲間だと思っている。

しかし、グリードのことは快く思っていない。ウマが合わないのだ。

やりたい放題、言いたい放題で腹が立つ。奔放な性格だから、お父様のために動くことを嫌い、どさくさに紛れて逃げたのだろう。

リンの前、先代のグリードもそんな男だった。ほかの兄弟と袂を分かち、居場所のない人間を集め、この世のすべてが欲しいとうそぶいてはお山の大将を気取っていた。人造人間が虫ケラ同然の人間と仲間ごっこをしていることが、エンヴィーにはひどく滑稽に映った。

その先代のグリードはお父様に逆らい、どろどろに溶かされ、賢者の石に戻された。

生まれ変わったグリードは、やはり先代とそっくりだった。斜に構えた顔つきや、人を小バカにした不遜な笑みを思い出し、エンヴィーはもう一度、心の中で舌打ちをする。先代グリードからことあるごとにブサイク呼ばわりされたことを、エンヴィーは今も執念深く覚えている。

──リン・ヤオといったか。

賢者の石に適合したことでグリードに生まれ変わり、人造人間の力を手にした。

エンヴィーは三度、舌打ちをする。友を亡くして絶望する、エルリック兄弟の泣きっ面が見られると思ったのに。

「やれやれ。生まれ変わっても反抗的な態度は直らぬか……」

扉のほうを見て、お父様が軽く溜め息をつく。

お父様は偉大だ。

別次元の存在だから、嫉妬の矛先を向ける対象にはなり得ない。だからエンヴィーはお父様のためを思い、働くとき、灼けつくような嫉妬から少しだけ解放される。

だがそんなとき、胸に決まってある疑問がわく。

──自分はいったい、何に対して、どうしてこんなに嫉妬しているのか──。

とても気がかりだ。

しかしいくら考えてもわからないから、エンヴィーは自分の心にふたをした。

第三章　血の紋

ロイ・マスタングが中央司令部のゲート前に到着したとき、夜空には月が高くのぼっていた。

――軍がやばい。

ヒューズが命がけで発した警告は、いったい何を意味するのか。謎を解く突破口は、意外にも異国の青年からもたらされた。

キング・ブラッドレイは人造人間(ホムンクルス)かもしれない――。

リン・ヤオの目撃証言が真実なら、まさしく『軍がやばい』ことになる。

足の痛みに眉根を寄せながら、マスタングはホークアイが運転する車を降りた。応急処置は司令部に戻るまでの間、車内ですませてある。

若くして国家資格を取得し、出世街道を驀進(ばくしん)してきたマスタングは、妬み恨みを買うことには慣れている。しかし今度ばかりは、買った恨みが大きすぎた。

グラトニーの暴走だ。

怒りの矛先は、ラストを滅ぼしたマスタングに向けられた。あらゆるものを吸いこむその能力の前では、焔(ほのお)の錬金術は分(ぶ)が悪い。

足を負傷したマスタングを車に押しこむと、鋼の錬金術師が言った。

『大佐は戦う相手が違うだろ!』

生意気な口をきくようになったものだと、マスタングは月を見上げた。

エドのことは彼が右手左足を失ったころから知っているが、いつの間にか一人前の男の顔つきになっていた。ついこの前まで、あどけなさの残る少年だと思っていたのに。

グラトニーの相手はエルリック兄弟とリンに任せ、マスタングは中央司令部へと急いだ。

むろん、若者らを危険な場所に置き去りにしてしまったことは、大人として情けなく思う。しかし彼らがただ者ではないことも、マスタングはよく知っている。

エドは史上最年少の国家錬金術師だし、その弟も芯の強い少年だ。シンの皇子も、人造人間を生け捕った強者(つわもの)だという。

信頼しよう——そう思った。


軍の主要施設は不夜城だ。

二十四時間体制で不測の事態に備えている。周辺国との関係がキナ臭くなっている今、幹部が集まる緊急の会議も決して珍しいことではない。

消灯された部屋と、窓から明かりがもれる部屋が混在し、中央司令部の外壁にモザイク模様を描いている。

リンの言葉が本当であるなら——人造人間がこの国の実権を握っているのであれば、なんとしても取り戻さねばならない。

「まずは、中央司令部内の敵と味方を明確にする。中尉はここで待機してくれ」

「はい」

敵の正体と規模を見極めつつ、少しずつ味方を増やして足場を固める。

それが先決だと、マスタングは考えた。今は敵でも味方でもない者も、キング・ブラッドレイの正体を知れば立ち上がらざるを得ない。

ただし、マスタングがラストやグラトニーと接触したことが敵側に知られている可能性は高い。敵味方の識別は、遠まわしに鎌をかけ、反応をうかがうところからはじめることにした。

——慎重にいかなくては。

マスタングの出方次第では、ホークアイら腹心の部下にも累が及ぶ。

「万が一、私に何かあったら君だけでも逃げろ」

「いやです」

簡潔極まりない部下の返答に、マスタングは口をへの字に曲げた。

「命令だ」

「承服できません」

こうなったホークアイは梃子でも動かない。マスタングはこの裏表のない部下に対し、どこか頭が上がらないところがある。

溜め息交じりに笑って、マスタングは通用門に向かう。

「わかった……必ず戻って来る」

「ご武運を！」

地獄の入り口か、魔物の巣窟か。あるいは――。

部下の敬礼を背に、マスタングは司令部のドアをくぐった。

この件の基本方針は、まず味方を増やし外堀を埋めることだ。しかしどこから突き崩しにかかるべきか、そこが問題となる。将官クラスか、あるいは佐官クラスか。それ以前に大総統が本当に人造人間なのか、マスタングは自身の目で確認していない。

考えごとをしながら廊下をゆくと、いよう！　と景気よく背を叩く者があった。

「マスタング君！　元気でやっとるかね！」

「……レイブン中将」

呟きこみながら振り向くと、軍高官が人懐っこい笑みを浮かべて立っていた。短く刈りそろえた頭髪はすでに真っ白だが、浅黒い肌は健康的でハツラツとした印象を与える。

「病み上がりなのに、こんな時間まで勤務かね？」

「昼間に市内視察に出たのですが、どうにも手際が悪く、時間がかかってしまいまして」

お恥ずかしいと続けると、レイブンは大きな口を開けて笑った。

「追い追い慣れればいいことだ。中央には君をよく思っていない者もいるようだが、私は期待しとるよ」

レイブンの少し後ろを歩きながら、マスタングは軽く頭を下げた。理解者を増やしておくことは、理想の実現に向け大きなプラスになる。

「何か心配ごとがあったら、いつでも相談するといい」

「特別なことはありませんが、日々、市民の根も葉もない噂話に心を痛めています」

「噂など気にしないことだ。……でも、たとえばどんな？」

「スカーが黒ぶちの猫にエサをやっていたとか、死なない人間が現れたとか……。それから、ブラッドレイ大総統が」

——人造人間だったとか。

そう言って、マスタングはレイブンの目をのぞきこんだ。

「……ぶっ……ふわはははははは！　市民の不満は相当たまっているな！」

「ははははは」

「まぁそんなゴシップでも、みんなのお茶請けにはなるだろう」

「そんな、幹部の皆様にお伝えするほどの……」

来たまえと言って、レイブンがふいに足を止めた。

高官クラスが使用する会議室の前だ。

恐縮したふりのマスタングを半ば強引に部屋に引きこむと、レイブンは後ろ手に扉を閉め、居並ぶ幹部たちの顔をひとりずつ確認するように見回した。

「諸君、マスタング大佐が面白い話を持ってきてくれたぞ。聴いてやってくれ」

幹部らの冷ややかな視線が、一斉にマスタングを刺す。

「さっきのジョーク……なんだったかな。大総統が人造人間だったとか？」

——続きを。

レイブンにうながされるが、愛想笑いの表情のまま口元がこわばり、声が出ない。

氷を握りこんだように指先が冷え、汗がにじむ。

最奥の席には。

「どうしたね、マスタング大佐」

軍の紋章を背に、キング・ブラッドレイの片目が憤怒をたたえてマスタングを貫く。

「私が人造人間でどうしたというのかね？　何か問題でも？」

※

キング・ブラッドレイは、自分が誰なのかを知らない。

赤子のころ、名をつけられる前に捨てられたか買われたか。あえていうなら〈大総統候補〉が彼の名前の代わりだったが、同様に呼ばれる子供はほかに大勢いた。

子供らは白衣をまとった者たちに養育され、一流の教育をほどこされた。剣術、銃術、軍隊格闘、そして人間学に帝王学。やがて気力体力とも充実する青年期を迎え、『自分がこの国を動かすのだ』という自負と自信が芽生えたころ。

ベッドに縛りつけられ、わけもわからぬまま血の色に似た液体を注入された。

賢者の石だ。

血管の中で、自身の血液と無数の魂が混じり合う。賢者の石による肉体の破壊と再生が絶え間なく繰り返され、マグマのような恐ろしい痛みが全身を貫く。石に含まれる魂が生身の肉体を奪わんと暴れ回る。一種の拒絶反応だ。

石による肉体の破壊が上回り、十一人の大総統候補が無残な死を遂げた。

そして十二人目である彼が目覚めたとき——待っていたのは、白衣をまとった者たちによる祝福の嵐だった。

『おめでとう、君は選ばれたのだ！』

『この国を次の段階へと導くリーダーに！』

頼れる肉親も縁者もなく、その身ひとつで世界に放り出された彼は、肉体の保持に成功したことでさまざまなものを手にした。

ひとつは、育ての親から授かった〈キング・ブラッドレイ〉なる大層な名だ。この国の王にふさわしいと〈キング〉の名を冠しているが、これまで〈大総統候補〉という大雑把なくくりで呼ばれていたのだから、名前など単なる識別記号（コード）にすぎぬと、ブラッドレイは思っている。

左目は腐れ落ちはしたものの、代わりにあらゆる物体の動きを捉える〈最強の眼〉と超人的な身体能力を授かった。数々の武功を立て、お父様が用意した大総統の椅子も得た。

さらに、孤児であったブラッドレイに家族ができた。

社会的な家族である妻とセリム。

そして生みの親である父親と、六人の兄弟だ。人造人間は血縁で殖えるのではなく、お父様から魂を分け与えられ生まれた。これを〈家族〉と呼ぶのかはわからないが、人間の目にどれほど奇妙に映ろうと、共通の親から生まれ、分かち合う何かをもつという点では、あるひとつのまとまりには違いない。

マスタングはイスに浅く腰かけ、ブラッドレイの話にじっと耳をかたむけている。

真実にたどり着いた――まだその一端にすぎないが――その褒美に、ブラッドレイは自身の出自を語ってやった。

「私は賢者の石によって人間から創り出された人造人間。そしてこの身にはラース、つまり憤怒の感情が宿っている」

石に適合したあと、ブラッドレイの中にはただひとつの魂と、〈憤怒〉の感情だけが残された。

そのたったひとつの魂とは——果たして何者なのか。

石にされた人間のものなのか。あるいは、元々の己のものなのか。

「元が人間だったというなら」

負傷しているのか、マスタングは左足を気にしながら立ち上がった。

「人間として生きることはできないのですか？」

「私に人間に戻れと？」

誤解するなと言って、ブラッドレイは右の目でマスタングをにらみつける。

「人造人間には人間を超越した能力がある。目的をもって創られた、君たちより優れた品種だ」

人間が人間であることに誇りを抱くように、人造人間には人造人間の矜持がある。

ラストもその誇りをもって死んでいったのだろう。

「この状況でなぜ、私を生かしておくのですか？」

「まだ君には、利用価値があるということだ」

マスタングの問いに、ブラッドレイは率直に答えた。

利用されるだけで終わるのか、それとも足掻いてみせるか。

優れた品種たる人造人間を相手に、果たして人間がどこまでやれるのか。

——見たくないといえば、嘘になった。

※

——どこをほっつき歩いてんだよ！

受話器ごしに響く師匠の怒鳴り声が、エドの鼓膜を突く。

「軍に電話しても居場所はわからないし！　マスタングってのに伝言したら、やっとかけてきた——えっ？　大佐だかなんだか知らないよ！」

受話器を置くと、エドは逃げるようにして電話ボックスから飛び出した。

「ふえーっ！　相変わらずおっかねぇー」

エルリック兄弟の師であるイズミ・カーティスは、軍からスカウトが来たこともある腕利きの錬金術師だ。だが今は錬金術とは距離を置き、南部の街ダブリスでごく普通の主婦として暮らしている。乾燥地帯に吹きわたる風のように熱く、厳しく、それでいてカラリとした、南部の気候風土そのままのような人だ。

幼いころ、独学に限界を感じていた兄弟は、リゼンブールに立ち寄ったイズミの実力を目の当たりにし、半ば強引に弟子入りを果たした。大質量の錬成を陣もなしにやってのけ、村を洪水から救ったイズミは、あっという間に兄弟のあこがれの存在となった。

この人についていけば母さんに会えると——そう思った。

イズミは厳しい師匠だった。

入門試験では一カ月もの間、無人島に放りこまれた。空腹を抱えながら血眼になって食料を探し、夜の闇におびえ、生きたいとか死にたくないとか、四六時中そんなことばかりを考えた。十歳ごろのことだから我ながらよく生きて帰ったと、しみじみ思い返す。

エドはそのサバイバル生活の中で、錬金術の基本概念である〈全は一、一は全〉を身体に叩きこまれた。

全は世界、一は自分。

ちっぽけな〈一〉が集まって、大きな〈世界〉を作っている。

その世界はエネルギーの転移——つまり力の循環で成り立っている。人が死ぬのも生まれるのも、その大いなる流れのうちだ。だから。

『人を生き返らせようなんてことは、してはいけない』

むやみに錬金術に頼るなと、師から戒められたというのに。

愚かな弟子だったと、エドは思う。

過去形なのは、兄弟がすでに破門された身だからだ。

人体錬成の禁忌を犯したことで、ふたりはイズミから師弟関係の解消を言い渡された。

——ケジメはつけなきゃならないんだよ。

エドはずいぶんショックを受けたものだが、その言葉の裏には、エドとアルを弟子ではなく、対等な人間と見なすという意味がこめられていた。

情けないと、エドは思った。

シグに指摘されるまで、イズミの真意に気づけなかった自身の子供っぽさが。

破門された今も、兄弟はいまだに『師匠（せんせい）』と呼ぶクセが抜けていない。エドとアルにとって、イズミはずっと〈せんせい〉なのだ。

「それで、師匠はなんだって？」

「……すぐにホーエンハイムに会えだとさ。たぶん今はリオールにいるから、〈約束の日〉の話を聞けって」

「約束の日……？」

「……きっと、あのヒゲが言ってた〈来たるべき日〉と関係がある」

リゼンブールで再会したとき、ホーエンハイムは〈クセルクセスと同じ悲劇がアメストリスに起こる〉といった意味合いのことを言っていた。そのクセルクセスの人々を賢者の石に変え、人造人間を生み出したのが、ほかならぬ〈お父様〉ではないのか。グラトニーの腹の中で見た大壁画の欠片が、何よりの証拠だ。

ホーエンハイムはそれらについて、何を知っているのか。

なぜ人造人間の生みの親と瓜二つなのか。お父様とはいったいどんな関係なのか。お父様の目的は何か。そして、この国に何が起きようとしているのか。

問いただしたいことは山ほどある――が。

リオールに旅立つ前に、エドには会っておきたい人物がいた。

※

我ながら詰めが甘いと、マスタングはうつむいた。

レイブンの一見あたたかな激励に、緊張続きだった心の糸が緩んだのか。これではいったいなんのために、エドたちを置いてまで中央司令部に取って返したのかわからない。

人を見る目には自信があった。

優れた通信技術をもつが、あくまで謙虚なケイン・フュリー。

〈歩くデータバンク〉の異名をとる、博覧強記のヴァトー・ファルマン。

士官学校を首席で卒業した切れ者、ハイマンス・ブレダ。

頭のほうはいまいちだが、働き者でフィジカルの強いジャン・ハボック。

そして、マスタングが背中を任せた副官――リザ・ホークアイ。

いずれもイシュヴァール殲滅(せんめつ)戦で打ちひしがれたマスタングが、理想の実現に不可欠な人材として選抜した優秀な部下たちだ。個々の能力だけでなく、チームとしてまとまったときに力を発揮できるか、その点を重視した。

しかし今日のことは――。

最初に鎌をかけた相手が〈そちら側〉だったなど。

失意のままブラッドレイのもとを辞し、ゲートへと向かうと、ホークアイが別れたときと同じ姿勢のまま立っていた。

「ご無事で何よりです」

敬礼で迎える部下を見て、マスタングは静かに口を開いた。

「上層部の一部が汚染されているという考えは、間違っていた」

「では、やはりブラッドレイ大総統が……」

「いや、すべてだ」

上層部すべてが真っ黒だと続けると、ホークアイがひゅっと息を呑んだ。

――軍がやばい。

ヒューズの真意は、軍の存在を揺るがす危機ではなく、『軍そのものがやばい』という意味だったのだ。

間もなく、部下たちに辞令がおりるだろう。フュリーは南、ファルマンは北、ブレダは西、ハボックは東へ。そしてホークアイは大総統付き補佐に転属となる。

部下を奪われることは手足を奪われるも同然――マスタング隊の、事実上の解体だ。

しかし、国家錬金術師は〈軍の狗(いぬ)〉だ。飼い犬になることはあっても、負け犬になることには我慢がならない。何より自身の野望のため、軍服を脱ぐことも、国家錬金術師の証である銀時計を手放すこともすまい――そう決めた。

『まだ君には、利用価値があるということだ』

状況を打開するカギはこの一言にありそうだと、マスタングは思考をめぐらせる。

どう利用するかがわかれば、人造人間たちの企みもおのずと明らかになるし、『まだ』というからには、マスタングの利用には〈適切なタイミング〉が存在することを意味している。

――そうだ。

あきらめるな。

思考を止めるな。

そうでなければ、上官の帰りを信じ待っていたホークアイにも申し訳が立たない。

「逃げなかったのか」

マスタングの問いに、ホークアイは顔色ひとつ変えることなく、何を今さらとだけ返した。

※

エドはアルと連れ立って、スカーのもうひとつの隠れ家を訪ねた。

メイを通じてコンタクトがあったのだ。

だが、エドはスカーを許したわけではない。

スカーと対話したことで、ウィンリィの気持ちにひとつ区切りがついたことはたしかだろう。しかし、それで悲しみが癒えるわけではない。喪失感や憎しみを堪えながら、ウィンリィはこれからを生きていかなければならない。

それでも、エドはもう一度スカーに会おうと思った。

今はまだ、許せる日が来るとも思えない。わかり合えるとも思えない。

でも――。

スカーは暴走するグラトニーからウィンリィを救った。エドの手からこぼれ落ちそうだったものを、間一髪のところですくい上げた。加えて、『お父様を倒す切り札になり得るものがある』と聞かされれば、嫌でも隠れ家を訪ねないわけにはいかない。

兄弟の姿をみとめると、スカーは一冊の本を差し出した。

紐綴じの、異国の書物だ。

「己(おれ)が兄から受け継いだ研究書だ」

「何が書いてある？」

「シンの錬丹術と、アメストリスの錬金術の融合だ」

つい先日まで敵対していた者同士が今は車座に座り、四人で一冊の本をのぞきこんでは頭をひねる。

エドはどうにも落ち着かず、せかすようにメイに訊ねた。

「この〈ラサーヤナ〉ってのはなんだ？」

「長寿を得る霊薬のことでス」

「……ってことは、こっちでいう賢者の石のことか？　じゃあ、この〈アウレリアン〉ってのは？」

「金のことですネ」

「訳すと『金の原理が人体を永久に新鮮にし続ける』ってことになるな……。不老不死と金についての記述ばかりだ」

「はイ。よくはまとまっていますが、今のところ特に新しい情報ハ……」

「くそっ、〈約束の日〉っていったいなんなんだ！」

一見すると手がかりは見当たらない——しかし技術の流出と悪用を防ぐため、研究書に暗号を用いるのは、術師がよくやることだ。

さらなる解読が必要か——と思ったそのとき、戸口で物音がして、四人が一斉にそちらを見る。

逆光に浮かぶ人影が二、三度ふらふらと頭を揺らすと、糸が切れたようにバタリと倒れた。

　顔を見ていないのはほんの数日のことなのに、何やら懐かしい気持ちになり、エドはその名を呼ぶ。

「リン！」


　これで三度目だ。リンに食事をおごらされるのは。

　腹を空かせたリンに、エドは手持ちのサンドイッチを差し出した。昼食用にと、ホテルを出る前にポケットに入れてきたものだ。

　相変わらずよく食べる。ここまでふてぶてしいと、もう腹も立たない。

　この食べっぷりはたしかにリンだ。グリードではないと、エドは思った。

　リンの身に何かあったら、ランファンや祖国で待つ人々はどうなるのか。人造人間となり姿を消したリンがどうしているのか、エドはずっと気にかけていた。

　背後ではメイが警戒心をあらわに身構えている。ヤオ族とチャン族は帝位を争うライバル同士だと、アルから聞いたことがある。

「ぷふぁーっ、生き返っタ」

「良かった。リンに戻れたんだな！」

「いや、人造人間のままだヨ」

リンは今日の天気のことを話すような、なんでもない口調で言った。

目の前にいる青年は、リンにしか見えない。シンなまりの話しかたも、何を考えているのか捉えどころのない顔つきも、口元についたままのマヨネーズも。

「俺の身体を乗っ取っているグリードは、結構な反逆児でネ。前にもお父様に逆らって、一度殺されていル」

ひとつの身体にふたつの魂が共存している、ということだろうか。エドが訊ねると、リンは少し考えてから答えた。

「共存というか、奪い合いだナ。一旦は身体を取り戻したけど、またいつ乗っ取られるかわからなイ」

そうなの？　とアルが心配そうな声を出す。

「そうなる前に、伝えておかないといけないことがあル」

リンとグリード、そのときどきで人格が入れ替わるということか。ならば、あまり時間はない。

「こっちだって聞きたいことが山ほど……」

まずはリンの話を聞こうとエドは考えた。彼がリンでいられる時間がどれほどかはわからないが、兄弟を探し出し、ここまで訪ねてくるということは、よほど大切な用件なのだ。

それで……と、エドが身を乗り出したとき、リンが自身の両肩を抱き床に突っ伏した。

「リン！」

「グリードが……出てきやがっタ……！」

「ふんばれ、負けるな！」

アルが背に手を添えて励ますと、リンはうめくように言った。

「来たるべき日に……あいつが扉を開けル！」

——扉。扉といえば。

「真理の扉か……？　それで何をしようってんだ!?」

「エド、絶対に阻止するんダ——!!」

リンが床に伏せたまま、静かになる。

「……シンの皇子め、余計なことをペラペラと」

リン——グリードはむくりと身体を起こすと、面倒そうにエドを見た。

「グリードか？」

「ああそうだよ」

グリードと聞いて、スカーが構えの姿勢をとる。

「おっと、お前たちとやり合う気はねえ。さっきこいつが言ったろ。俺はほかの人造人間たちと縁を切ったんだ。敵じゃねえ」

でも味方でもないだろうと、エドは心の中でつぶやく。欲の深い奴は大抵、自分の味方は自分自身だ。

「約束の日……いや、来たるべき日のことを教えろ」

「さすがにそれは無理だ。別に俺は誰の味方でもないしな。自分たちで答えを見つけな」

じゃあなと片手をあげて、グリードはエドに背を向けた。

「いいの？　このまま行かせて」

「まだ半分はリンだ。あいつは簡単に乗っ取られるタマじゃない」

アルの問いに、エドは不安と期待と信頼の入り交じった声で答えた。

なにせ大国を統べる王になろうという男だ。グリードを制し、その力を利用して皇帝の座に駆け上がるに違いない。

エドがグリードの去ったほうを見つめていると、メイがあっと短く声をあげた。

無理に広げたせいだろうか。研究書を綴じていた紐がすっかり緩んでいる。

「大切な書がバラバラになっ……バラバラ？」

メイはやにわに背の紐をほどくと、一枚ずつバラして床に撒いた。

「なにを……!?」

驚いた様子のスカーをよそに、メイは無造作に落ちたページの前にぺたりと座りこんだ。

「この研究書は、金とか不老不死を意味する語句が不自然に多いんでス。しかも微妙に表現の違う語句ばかり……」

「だから？」

「一度バラして、同じ語句の部分を重ねたらどうなるかと思っテ」

なるほどと、エドはうなずいた。スカーの兄は錬金術と錬丹術の双方に通じていたという。研究成果の暗号化には、細心の注意を払ったはずだ。

「よし！　手伝う」

かさかさと紙が擦れ合う音を立てながら、ジグソーパズルを解くようにページを重ね合わせていく。

「〈金の人〉か。この単語はそっちにあったな」

「〈不死〉はこっちと重なりますヨ」

「〈完全なる人〉……あったあった」

「それ、こっちのとつながりまス」

最後のページを重ねると、メイが何かに気づいたらしく、小さな手にペンを取った。

「ひょっとして、各ページの図案はつながっテ……」

メイが器用な手つきで、図案を線で結んでいく。

円と五角形を重ねた、できることならあまり見たくないこの図は。

「……賢者の石の錬成陣だ！」

だがこれじゃないと、エドは直感する。同じ術師としての勘だ。

スカーの兄が、命がけでこんなものを記した書を持ち出すとは思えない。意図はもっと別のところにあるはずだ。

メイがページに記されている文字を読み上げた。

「えーっト、リオール……」

ちょっと待ってと、アルがうわずった声をあげる。

「……これ、地名を表してる？」

「カメロン、フィスク、ペンドルトン……」

――まさか。

「これは……アメストリスだ」

スカーが低くうなった。

「国土錬成陣……こんな国土規模の巨大な陣で賢者の石を錬成したら、いったい何人の命が犠牲になるんだ……!?」

アメストリスの国土は、ほぼ円形だ。この国の形そのものを利用すれば、たしかにクセルクセスの再現も不可能ではない。

「兄さん！　この陣のポイントになる街、全部クーデターとか内乱が起こったところだ！」

「軍が計画的に血の紋を刻んでるってことか……？」

「そのために、各地で大勢の犠牲者の血が流された……」

エドはハッと息を呑んでスカーを見た。

たくましい肩を震わせながら、スカーは錬成陣のある一点を見つめている。

「イシュヴァールの内乱は、この企みの一部だったというのか……！　あいつらが意図的に内乱を起こし……罪のないイシュヴァールの民を死に追いやったのか！」

ウィンリィとの対話以来、スカーの顔つきが明らかに変わったと、エドはそう感じていた。以前のような頑なな印象は薄れ、内省的な、何かを押し殺すような、そんな表情を見せることが多くなったように思う。

それが今。

怒気を立ち上らせエドに右手を振りかざした、かつてのスカーが戻ったようだ。

「絶対に許さん……！」

「……血の紋はすべて軍が関わっている。きっとヒューズ中佐も、このことに気づいたんだ」

だから殺された。

やり場のない悔しさに、エドはくそっ！　と床を叩いた。

「最初の内乱が建国のころだから、三百年以上前から企みが続いていることに……」

腕を組み陣を見つめていたアルが、何かに気づいて顔を上げた。

「北に一カ所だけ、まだ血の紋が刻まれていない場所がある！」

――ブリッグズ。

隣国ドラクマとの国境付近にある山岳地帯だ。エドは行ったことはないが、雪と氷に閉ざされた厳しい土地だと聞いている。

「アル、お前はホーエンハイムに会って〈約束の日〉の話を聞くんだ」

「わかった！　兄さんは？」

「ブリッグズに血の紋なんて刻ませねえ……オレは北に向かう！」

まさかスカーと怒りを共有する日が来るとは思っていなかったが、北での惨事を防ぐことができれば、国土錬成陣の完成そのものを阻止できる。

過去は変えられない。逝ってしまった人々も帰ってはこない。しかしこれから起こる悲劇を防ぐことはできるはずだ。

アルが言う通り、三百年以上も前からお父様が描いたシナリオに沿い、ことが進んできたのだろう。

知らぬ間に駒として扱われ、役割を終えるとともに退場させられた人々は、いったいどれほどの数にのぼるのか。

エドには、お父様に逆らい人造人間たちとは縁を切ったというグリードの気持ちが少しだけわかる気がした。すべてを欲しがる男が、与えられた台本通りの生に満足するはずがない。

——運命なんて、そんなものは。

クソくらえだと、エドは強く拳を握った。

第四章　氷の女王

エドにとってイズミは今も頼れる師匠であり、信用できる大人のひとりだ。

イズミの言葉は耳が痛いが、しかし理にかなっている。一見、優しそうで実は無責任な言葉をかけてくる人より、よほど信頼できる。

『人を生き返らせようなんてことは、してはいけない』

そう諭されたとき、幼いエドは何も言えず、ただアルと顔を見合わせるだけだった。

それから数年も経たないうちに、エドは師匠の言葉が正しかったことを右手左足と引き換えに思い知ることになった――が。

しかし今、エドはイズミを疑っている。

目を開けていられないほどの猛烈な吹雪が、容赦なく顔を殴りつける。厚手のコートの隙間から冷気が忍びこみ、体温を奪おうと絡みついてくる。

イズミは修行時代、冬のブリッグズ山に一カ月も放りこまれ生還したというが――。

「……そんなの絶対に不可能だ！」

エドの独り言をかき消すように風が鳴って、地面に積もった雪を巻き上げる。

「そういえば、クマも倒したって言ってたな。二メートル超えのでっかいやつ」

あの師匠ならあり得る気もするし、やっぱり疑わしい気もする。

真実かホラかで揺れ動いている間に、エドはすっかり迷子になった。

「山の天気は変わりやすいっていうけど、突然すぎだ。完全に道を見失っちまった……」

アームストロング少佐がしたためてくれた紹介状を懐に、極寒の山道を行く。北方司令部のさらに北、ブリッグズ砦を率いる――アームストロング少将に会うために。

少佐の身内だと聞いたが、〈ブリッグズの北壁〉の異名から想像するに厳格な軍人なのだろう。人造人間（ホムンクルス）がこの地で流血沙汰を起こそうとしていると知れば、阻止に向けて協力を得られるかも知れない。

激しさを増す吹雪に手をかざし、吹きさらしの顔を守る。

指の隙間から見える世界が、白で埋め尽くされる。真理の扉に似ていなくもない光景にエドが思わず身震いをした、そのとき。

突然、目の前に巨大なシルエットが浮かんだ。

――まさか。

「クマ――っ!!」

刹那、逆巻く雪を突き破り、熊ならぬワニの顎（あぎと）に似た武器がエドの鼻先をかすめた。

「機械鎧（オートメイル）!?」

大柄な男が、見たこともない機械鎧でエドに襲いかかる。ノコギリ状の刃をもつそれはチェーンソー仕掛けで、挟まれたが最後、エドの鋼の右腕さえ難なく噛み千切りそうだ。

慣れない雪に足をとられながら、エドは息を切らし身をかわす。機械鎧を振り回すたびに、男の三つ編み頭が勢いよく揺れる。

頭髪は中央のみを残してツルツルに剃り上げ、長い三つ編みを後ろに垂らし、鼻の下には顎まで届くどじょうヒゲをはやしている。ずいぶんと個性的な容貌のその男は、毛皮の襟がついた黒コートの下から青い服をのぞかせていた。

「待て待て！　あんた国軍の軍服ってことは、ブリッグズ兵だよな!?」

男は聞く耳をもたず、エドの右腕を機械鎧の刃で掴み上げると、そのまま雪に押しこむようにして投げ飛ばした。

「悪あがきはよせ、ドラクマの密偵め！」

「密偵!?　何言って……」

エドは身体を起こすと、両手を上げて敵意のないことを示した。いつの間にか武装した一団に囲まれている。冬季迷彩服で身を固めた、ブリッグズの山岳警備兵だ。

「オレは怪しい者じゃないって！　国家錬金術師のエドワード・エルリックだ！」

エドは懐から紹介状を取り出すと、兵士たちに見えるように高く掲げた。封蝋(ふうろう)にはアームストロング家の紋章がスタンプされている。

「ブリッグズ指揮官、アームストロング少将殿に会いに来た。その弟、アレックス・ルイ・アームストロング少佐の紹介状も持っている！」

「弟……？」

男が怪訝な顔をした、そのとき。

「どうした、バッカニア！」

冬山の凍てつく空気に、よく通る声が降ってきた。

女の声だ。

いつの間にか吹雪はおさまり、難攻不落とうたわれるブリッグズ砦が威容を現す。

その黒々とそびえる壁の上から、こちらを見おろす人影があった。

「はっ、お騒がせして申し訳ありません。アームストロング少将！」

バッカニアと呼ばれた機械鎧の男が、彫像のように姿勢を正す。

エドが壁を見上げると、背の高い女性がサーベルに軽く体を預け、サングラス姿の士官を従えてたたずんでいるのが見えた。豊かな金髪が、吹雪の名残をとどめる風に揺れている。威風堂々とした立ち姿は、さながら〈軍服をまとった女王〉といった風情だ。

オリヴィエ・ミラ・アームストロング。

「少佐の姉ちゃん……！　まったく似てない……」

警備兵のひとりがエドから紹介状を受け取り、少将のもとに届けた。色の少ない世界で、赤い封蝋だけがやけに目立つ。

オリヴィエは宛名と紋章を確認すると、ふんと鼻を鳴らした。

「たしかにアレックスだ」

だがオリヴィエは読むどころか封を切ることもせず、その場で破り捨てた。

「なっ！」

「紹介状など私には無意味だ。他人がつけた評価なぞいらん！」

ただの紙きれとなった紹介状が、刺すような風にさらわれ宙を舞う。

「入れ、鋼の錬金術師！」

オリヴィエは大きく手を振り、唖然としているエドに来いと合図をした。

「先に言っておくが、客扱いはせんぞ」

ここは天険の地ブリッグズ——。

弱肉強食の世界だと言って、オリヴィエはコートの裾をひるがえした。

※

エルリック兄弟の兄は北へ、弟は東へとそれぞれ旅立ち、中央の隠れ家にはスカーとメイが残った。

まだ——まだ何かあるはずだと、スカーは床に広げたページの前にあぐらをかき、赤い瞳で国土錬成陣を見つめた。

「……あの兄の研究が、奴らの計画を推察するだけのはずがない……」

「もう何百回も組み直したのですガ、これ以上ハ……」

メイが肩を落とす。類似する要素、あるいは相反する要素を抽出し、組み合わせ、順番を入れ替え……試行錯誤を繰り返したが、しかしこれといった規則性は見いだせない。

スカーが知る兄は思慮深く、緻密にものを考えて行動する人物だった。その兄が見えざる敵の企みを察知しながら、なんの対抗手段も講じていないとは考えにくい。

「あきらめるな。もっと何か……裏があるはずだ」

「……裏!?」

メイが突然、素っ頓狂な声をあげた。

「スカーさン！　裏ですよ、裏！　これを全部、裏返してみてくださイ！」

言われた通り配置はそのままに紙を裏返してみると、メイが矢も盾もたまらずといった勢いでペンを取る。

図案が記された箇所を線でつなぐと、もうひとつの錬成陣が浮かび上がる。

「当たりですネ……！　これで彼らの野望を封じられるかも知れませン」

お兄さんは本当に凄い人でスと、メイが興奮気味に言った。

「錬金術と錬丹術……ふたつの国の知恵を融合して、表の国土錬成陣を無力化スル……まさしく〈裏国土錬成陣〉でス！」

エドは軍人ではないものの、国家錬金術師である以上は軍に籍を置く身だ。だから北の守りの要、ブリッグズ砦の噂は何度か耳にしていた。

百戦錬磨の精鋭が堅牢な砦を築き、南征志向の強い大国ドラクマの侵入を幾度もはね返してきた——と。

※

そのブリッグズ砦は、エドが想像していた以上に巨大な軍事施設だった。

敵の侵入を阻む高い壁に、軍事パレードでもできそうな広大なフロア、そして大人の腕ふた抱えほどもありそうな極太のダクト。兵士たちの生活から訓練、戦闘、最先端の技術を集めた兵器開発まで、すべてが砦の中で完結するように設計されている。バッカニアが装着していた戦闘用機械鎧も、ここで造られたものだろう。

無駄な装飾はなく、金属製の設備はいずれも剥き出しのまま鈍い輝きを放っている。

目に映る何もかもがダイナミックで、無骨で、機能的だ。でけぇーとか高ぇーとかスゲーとか、そんな子供じみた感想しか出てこない。

「これが最強のブリッグズ兵に守られた、難攻不落の要塞……」

兵士や作業員らの怒鳴るような話し声、機材を運搬するガチャガチャという音、ブーンと靴底を震わす重低音。それらが不思議と調和し、ひとつの楽曲を奏でているようで、エドはしばしその音に聞き入った。

ほかの司令部にはない荒々しい活気に圧倒されながら、オリヴィエのあとをついていく。

「我が弟、アレックスは元気か？」

オリヴィエが振り向くことなく言った。

弟がしたためたせっかくの紹介状を、一行も読むことなく破り捨てたほどだ。姉弟仲はあまり良くないものとばかり思っていたが——。

家族を気にかけるその気持ちを察し、エドはつとめてにこやかに答えた。

「はい！　とても元気です！」

エドの返事を聞くや、オリヴィエがチッと舌を鳴らした。

——チッ、って……なんだ!?

熊より恐いかも知れないと思ったそのとき、神経をざわつかせるような警報が砦中に鳴り響いた。

階下でバタバタと走り回っていた兵士のひとりが、オリヴィエに短く報告する。

「地下に侵入者あり！」

吹き抜けから階下を見おろすと、最下層の床に稲妻のような亀裂が走るのが見えた。轟音とともに丸太のような腕が床を突き破り、続いて小山のような両肩が現れる。

右肩の後ろには、自身の尾を食らう蛇の紋。

「人造人間！」

エドの叫びを聞くや、バッカニアが問答無用で発砲する。ぎゃあ！　と情けない悲鳴をあげ、エドはかろうじて身をかわした。

「貴様、あれを知っているのか!?　やはりドラクマの密偵だったか！」

「いやいや！　誤解だ誤解！」

銃を向ける相手を間違えていると、エドが抗議の眼差しを向ける。

バッカニアのあとを追い、エドも地下への階段を駆け下りる。

ブリッグズ兵は素早く人造人間を取り囲むと、バッカニアの合図で一斉に銃弾を浴びせる——が、まったく効いている様子はない。うそぉ!?　と兵士のひとりが叫んだ。

「ああ、めんどくせぇー」

人造人間がのろのろと足を踏み出した。

パワー一辺倒で、動きはにぶそうだ。

「ここひろいなぁ、もう掘らなくてもいいのか？」

動くな！　と鋭くけん制する兵士らを、人造人間は寝起きのような目で見た。

「止まるのもめんどくせぇー」

腹の底から億劫（おっくう）そうに言うと、人造人間は巨大なパイプの残骸をポイと放り投げた。

※

――屈辱だ。まさか地下からの襲撃とは。

オリヴィエ・ミラ・アームストロングがブリッグズ砦の指揮官に着任して以来、これまで不審者の侵入を許したことはただの一度もなかった。

ただ前任者から、真冬の山中で山岳警備兵が襲われた事件のことは聞いている。犯人は屈強な兵士から装備品や食料を強奪し続けたというのだから、ただ者ではないのだろうが、どういうわけか襲撃は一カ月ほどでピタリとやんだ。二十年も前のことだ。

女だったという目撃情報もある。

ドラクマの密偵ではないかともいわれたが、いずれも真偽はさだかでない。

地下から現れたあのデカブツは何者か？　ドラクマの生物兵器か？

エドワード・エルリックは、あれを〈人造人間〉と呼んだ。何か知っているふうだが、問いただすのはこの事態に対処してからでいい。そもそも司令部を通さず、名指しで会いに来たこと自体わけありの証拠だ。

部下に用意させた対戦車用ロケット弾を構え、階上から人造人間目がけて発射する。

着弾と同時に炎と熱風が放射状に広がり、床に大穴を穿った。

仕留めたかとオリヴィエは目を細める――が、少しずつ晴れていく煙の中から、何ごともなかったかのようにたたずむ人造人間の姿が現れた。

「ボス、だめです！　奴に銃火器の類は効きません！」

オリヴィエは階段を下りながら、次々と指示を出した。

「非戦闘員は後ろへ退がれ！　警報を止めろ！　ドラクマ軍に騒ぎを悟らせるな！」

おそろしく頑丈なのか、あるいは不死身なのか。

果たしてそのような生物が存在するのか。

信じる、信じないの問題ではない。どんなに信じがたいことでも事実をもとに迅速に、最善の判断をする。指揮官がそう在らねば、いたずらに部下の命を危険にさらすことになると、オリヴィエはそう心得ている。

階下にはボスの命令を待つまでもなく、戦車隊が待機している。

「信管を抜け！　順次装填！」

オリヴィエは自ら戦車に乗りこむと、乗組員に命じ人造人間へ砲身を向けさせた。

「撃て！」

顔面に弾が直撃し、片頬を大きくえぐる。だが人造人間は倒れることなく、大きく身体をのけぞらせたまま、いてェ……とつぶやいた。

「いたがるのも……めんどくせぇ」

人造人間が緩慢な動作で上体を起こし、こちらに顔を向ける。

――傷が、治っている。吹き飛んだはずの顔半分はほぼ再生され、剥がれた皮だけが口元から長く垂れ下がっている。

ズンと重い足音を立て歩みを進める、その間にも傷は修復されていく。

息を呑む乗組員たちを叱咤するように、オリヴィエは間髪を容れず次の指示を飛ばす。

「次弾装填！　あるだけ撃ちこめ！」

みぞおちに弾がめりこみ、人造人間の分厚い身体がくの字に折れる。腹といわず頭といわず次々に撃ちこまれる砲弾で、さすがの巨躯も壁際へと後退していく。

「砲弾切れです！」

「突撃！」

戦車ごと人造人間に体当たりを食らわせると、大岩と衝突したような衝撃が走り、座席がガタンと跳ねる。押し戻されるような抵抗を感じ、さらに出力を上げさせると、ガリガリと無限軌道が空回りする音がして、車体が大きく後ろにかたむいた。

「うぉぉぉ！　これ持ち上げんのかよ!?」

「押せ――！」

オリヴィエが後続の戦車に合図を出すと、数台が豪快な音を立ててぶつかり合い、玉突きのように後押しをする。さすがの人造人間も力負けしたか、じりじりと後退し、屋外の踊り場へ押し出されていく。

「無茶苦茶だ、ボス！」

「押しこんで奴を崖下に突き落とせ！」

部下の抗議には一切構わず、オリヴィエが押せと叫ぶ。しかし壁に阻まれ、戦車はそれ以上は前に進めない。

──あともうひと押し。

瞬間、オリヴィエの頭上を赤い影が横切る。

気合いの雄たけびをあげながら、エドが戦車を乗り越えて踊り場へと飛び出し、だめ押しとばかりに人造人間の腹に蹴りを食らわせた。

バランスを崩した人造人間が、柵を越え崖下へと転落していく。大の字に転がったその巨体に、バッカニアが液体をぶちまけた。

「寒冷地仕様の混合燃料だ。この寒さでもすぐに気化して、あっと言う間に体温を奪い凍りつく」

「くせぇ……？」

液体の臭いをかぐ仕草が少しずつ鈍くなり、人造人間の体表が薄い氷の膜で覆われていくのが、踊り場からも見えた。

「さむ……めんどく……」

「そこで春まで冬眠してろ、のろまめ」

オリヴィエが言うより早く、人造人間は雪に埋もれるようにして沈黙した。

※

このところのブリッグズ砦は、急な〈来客〉が次々と訪れている。エドが砦に到着した
その日の夜に人造人間が現れ、さらに翌日には中央から軍幹部が訪れた。

どいつもこいつも招かれざる客ばかりだと、エドは思う――自分も含めて。

「レイブン中将が何しに来たのだ？」

「なんでも緊急ということで、先ほど到着されました」

早足で歩くオリヴィエとその後に続くサングラスの男・マイルズの後につき、エドも会
議室へと向かう。

「オレのことも呼んでるって、なんでここにいるのを知ってるんだ……？」

エドのブリッグズ行きを知っているのは、紹介状を用意してくれたアームストロング少
佐とマスタング隊だけのはずだ。

監視されている――ということだろう。むろん、アルやマスタングたちも。

ならばレイブンとかいう高官にも要警戒だと、エドは唇を引き結んだ。

人造人間の侵入経路は、やはり地下トンネルからだった。ニンジンほどもあろうかとい

う手指が土で汚れていたから、おそらく自身で掘り進めたものだろう。

トンネルがドラクマ側から続いているものか、バッカニアが調査にあたっているが、あれが人造人間である以上、隣国の密偵である可能性は低いとエドは考えている。

ブリッグズは〈血の紋〉が刻まれる最後の地となる。しかしそのために人造人間を使い、精強さで知られたブリッグズ兵を襲撃させるのは、ずいぶんと悪手だ。それよりも、あの人造人間は〈約束の日〉に関する別の役割を担っている、と考えるほうが自然ではないか。

マイルズがドアを開けると、コーヒーのほろ苦い香りがエドの鼻をくすぐった。雪焼けしたような肌の年配の男が、エドたちを見て白い歯をのぞかせる。

「久しぶりだね、アームストロング少将」

その、隣のイスに。

「ウィンリィ――!! な、なんでここに！」

四人目の〈来客〉に、エドの心臓が嫌な音を立ててはねる。

軍高官がエドの大切な存在をわざわざここまで連れてくる、その真意は――。

エドの心も知らず、ウィンリィは幼なじみの顔を見るなり花が咲いたように笑った。

ウィンリィの腕を取ると、エドはバタバタと会議室を出て、空いている部屋に押しこんだ。

機械鎧の換装のため、北にいるエドのもとへ向かってほしいと、軍から要請があったらしい。出張ついでに寒冷地用機械鎧のノウハウを学べると、ウィンリィは二つ返事で快諾したというが――。

ウィンリィの存在はエドにとって強みであり、同時に弱点でもある。的確にウィークポイントを突いてきやがると、エドは心の中で舌打ちをした。

こうなってはもう、ウィンリィをカヤの外に置いておくわけにもいかない。ハクロが引き起こした人形兵の事件にも関わっている以上、すでに当事者といっていい。

エドは重い口を開く。

大勢の命に関わる陰謀が進行しつつあること、それを阻止するために動いていること。そして自身が軍の監視下にあること――。すべてを包み隠さず、というわけにはいかない。エドは慎重に言葉を選びながら、知らなくていいこと、知ってはいけないこと――特にお父様やキング・ブラッドレイに関することは伏せ、事情を話した。

「明らかに警告だな……勝手な真似をするとウィンリィの身にも害が及ぶ。つまりお前は人質……ってことだ」

「私はただ、エドが北の要塞で機械鎧の寒冷地仕様化を望んでいるって聞いて……。ごめんなさい、こんな大変なことになっているって知らなくて……」

人質って……と言って、ウィンリィは力が抜けたようにイスに腰をおろした。

「……やだ、私、あんたたちの足かせになってる……」

「なっ……なななな泣くなよ！」

「泣かないよ！」

顔を伏せたまま、ウィンリィは気丈に言い返す。

まただ――と思った。スカーと対話したときと同じ言葉に、エドの胸が痛む。

「足かせなんて、そんなことない！　絶対ない！　ウィンリィがいないとオレは錬成もできないし」

「……なんで……あんたたちは元の身体に戻りたいだけなのに、遠回りばっかりさせられて……」

たしかに遠回りだ。

元々は自分たち兄弟の罪をあがなうための旅だった。しかし気づけば個人的な事情や想いを超えて、大勢の命運を左右する問題へと発展している。

でも――それでも。

遠回りのその果てに、アルやウィンリィの笑顔があればそれでいい。

そう思ったとき、マイルズの呼ぶ声がした。

バッカニアの戦闘用機械鎧〈M一九一三Aクロコダイル〉は、ウィンリィの技師魂に火をつけたらしい。装着者同様にゴツいこの機械鎧は、ジュラルミン、炭素繊維、ニッケルなどを組み合わせることで、寒冷地に適した柔軟性と軽量性を実現したという。

ウィンリィは開発者の話に聞き入り、熱心にメモをとっている。

その様子を遠巻きに眺めて、エドは小さく息をついた。

相変わらずの機械好きに少しだけ呆れつつも、やはりウィンリィの手は人を生かす手なのだと、改めて思う。

ウィンリィを開発室に残し、エドはマイルズに連れられて砦の地下へと向かった。

人造人間が空けた大穴には梯子がおろされ、地下トンネルへの出入りが容易になっている。梯子をおりると、エドはマイルズとバッカニアが灯すランプの明りを頼りに暗闇を歩いた。

「あの、のろまがこれを掘っていたというのか……」

オリヴィエの声が闇に反響する。

トンネルは長大な上に大きくカーブしているらしく、進めども進めども先が見えない。

ポタリと、地下水の雫がエドのつむじに落ちた。外に比べればずいぶんあたたかいものの、トンネルには冷たい闇がしんと沈んでいる。ふとグラトニーの腹の中を思い出し、エドは眉を寄せた。広い空間なのに、胸を圧されるような圧迫感がよく似ている。

どれくらい進んだか。オリヴィエがもういいだろう、と言って立ち止まった。

「ここなら誰に聞かれる心配もない」

オリヴィエが鋭くエドを見る。

「私は先ほどブリッグズ指揮官を解任された。中央に戻れとの命令だ」

「中央に……!?」

「それから、あの化け物をこの穴に戻せと言われた。あれは脅威ではなく、軍の極秘の作戦だそうだ」

――脅威じゃないなんて、よく言う。

よくもそんな見え透いた嘘がつけるものだと思う一方で、合点がいくこともあった。

やはりあの人造人間はトンネルを掘る役目を担っていただけで、血の紋を刻むためにブリッグズ砦を襲撃したわけではなかった。掘り進める中で偶然、建物の基礎部分に行き当たってしまった……おおよそ、そんなところだろう。

「中将であれ誰であれ、ここでの勝手な真似は私が許さん。……鋼の錬金術師、貴様の知っていることをすべて話せ。隠し立てはするな。すべてだ」

エドは黙ってうなずいた。

あの日に失ったものを取り戻すことは、つまり自分の力で自分を救うことだと――エドとアルはそんな想いを胸に旅に出た。スカーに狙われ、マスタングが護衛をつけてくれたときも、うっとうしいと逃げ出したくらいだ。

しかし国土錬成陣によって人々の命が危険にさらされ、さらにウィンリィが人質に取られているこの状況は、もう自分たち兄弟だけでどうにかできるレベルをはるかに超えている。

長い旅の中、さんざん己の無力さを突きつけられ、そのたびに誰かに支えられてきたというのに、自身のちっぽけさに無自覚だった——そんなかつての自分は、やっぱりガキだったのだとエドは思う。

「力を貸してほしい」

助けを求める言葉が、素直に口から出た。

バッカニアが差し出した道具入れに腰かけ、オリヴィエはサーベルの柄を指で叩きながらエドの話に聞き入った。

「賢者の石、人造人間、キング・ブラッドレイ。お父様と呼ばれる男……そして約束の日……」

「にわかには信じがたい話ばかりだ……」

「それで、お前は動乱の類によって〈血の紋〉が刻まれるのを阻止するために、このブリッグズに来たというんだな？」

では訊くが——と、オリヴィエはトンネルの先によどむ濃い闇を指さした。

「この穴は何だ？」

「オレにも正確なところはわからないが、錬金術において円は力の循環をつかさどる重要なファクターだ。たぶんこの穴は、アメストリス国全土を囲むように円状に掘られていると思う」

「馬鹿な！　そんな穴を掘るには何十年もかかるぞ」

バッカニアがいかつい額に青筋を立てて叫んだ。

エドがアメストリスの地図を広げてみせる。

記されているのは、この国の建国のころからはじまっている企みだ。

もっとも古い血の紋は一五五八年のリヴィエア事変。当時の隣国だったリヴィエアに宣戦布告なく戦争を仕掛けた、アメストリス建国間もないころの事件だ。

「小さな領土しかもたなかった我が国は、周囲の小国を併呑しながら広がってきた。この円を作るのに必要なだけ、要領よく」

合理的だな、とオリヴィエが続ける。落ち着いた、しかし強烈な怒りがこもった声で。

そのとき、足音とともに光の輪が近づいてくるのが見え、エドたちは一斉にそちらを見た。

「ドラクマ軍が一斉攻撃を仕掛けてきました！」

「……なぜ、このタイミングでドラクマが？」

マイルズの疑問に答えるように、オリヴィエが言った。

「レイブンめ、何か仕組んだな……」

——北に、血の紋が。

「もう避けるすべはない……悪く思うな」

くそっ！　と唇を噛むエドに構わず、オリヴィエが勇ましく立ち上がる。

「全力で迎え撃て！」

ドラクマだけではない——穴の奥に潜むものに挑むかのように。


隣国の奇襲によって国土錬成陣、最後の血の紋が刻まれた。

ただし、ドラクマ兵の血をもって。

一方的な開戦宣言にもブリッグズ砦は微動だにせず、ひとりの戦死者さえ出すことはなかった。

圧勝——いや、完勝だ。

砦は勝利に沸いているのだろうと思っていたが、兵士たちの様子はいつも通りで、非常事態による熱気の名残がわずかに漂っているだけだ。

勝って当然——と言わんばかりに。

何ごとにも動じない屈強な一軍であるという、ブリッグズ兵の強烈な矜持を見せつけられた気がして、エドは身が引き締まる思いがした。

しかしその一方で、命を落としたドラクマ兵にも帰る場所や待っている人がいたはずだ
――とも思う。

流血は避けられないのかというエドの問いを、オリヴィエはやかましいと一蹴した。

「貴様らの生活の安寧(あんねい)は、国境を守る者があってこそだということを忘れるな」

オリヴィエの言うことはもっともだ。しかしエドは自分が間違っているとも思わない。

何が正解かはわからないが、たしかなことは一般市民の見えないところで命を張っている
人々がいる、その事実だけだ。

「おそらく何年も前から、侵攻をそそのかす工作がおこなわれていたのだろう」

そう教えてくれたのはマイルズだ。たとえばアメストリス高官がドラクマに寝返るとか、

〈ブリッグズの北壁〉が不在になるといった類の。

吹雪に打たれながら眠りについていた人造人間は、レイブンの監視のもと穴に戻された。

レイブンはあれを〈怠惰(スロウス)〉と呼んでいたと、これもマイルズから聞いた。

血の紋はすべて刻まれたが、スロウスが戻された以上、どうやらトンネルは未完成らし
い。国土錬成陣の発動まで、まだ多少の猶予があるということだろう。

中央ではスカーとメイが研究書のさらなる解析を進めている。

オリヴィエはドラクマ兵の敗走を見届けるまでもなく、中央へと向かった。軍中枢に斬

りこみ、内部から約束の日に備えるつもりなのだろう。あのキツい性格でマスタングをへこませてくれるに違いないと、エドはひそかに期待していたりもする。

そしてエドもまた、中央へと戻るときがきた。ウィンリィは寒冷地用機械鎧について学びたいと、もうしばらくブリッグズ砦に残るという。

山のふもとにあるブリッグズ駅の屋根に、雪がこんもりと積もっている。到着のベルが鳴ると、駅員が手にしたスコップを置いて列車を迎える準備にかかった。

エドは一番乗りで列車に乗りこむ。窓を開けると、冷たく澄んだ空気の向こうにウィンリィの顔があった。

「お前のことは、マイルズさんたちがリゼンブールまで安全に送り届けてくれるから」

「大丈夫。私のことは心配しないで」

エドは少し迷ってから言った。

「……なあ、ウィンリィ……。ばっちゃんとデン連れて外国に逃げろ」

「……逃げろって何よ。あんたはこの国がどーにかなっちゃうのを止められないの？」

「止めてやるよ！　でも万が一ってことが……」

万が一なんてないの！　と、ウィンリィが言い切る。

「奴らの野望を阻止してこの国を守ってよ！　そして、エドもアルも元の身体に戻って帰って来て！　そのためだったら、私もなんだってするよ！」

あれもこれもと無茶を言う奴だ——と思う。しかしウィンリィの言葉が、今はやけに頼もしく響く。

「……わかった。約束の日とやらを全部終わらせて、かならずお前のところに戻るから、アップルパイでも焼いて待ってろ！」

発車のベルが鳴る。汽車が深呼吸するように黒い煙を吐き出し、眠りから覚めたばかりの生き物のようにゆっくりとスピードを上げる。

スカーと対話したときも、自分が人質と知ったときも、ウィンリィは『泣かないよ』と言った。

泣いていいと、エドは思う。だから言おうか言うまいか、ずっと迷っていた言葉を——こんな別れ際でなければとても言えない——思い切って口にすることにした。

「今度お前を泣かせるときは、嬉し泣きだ！　絶対アルとふたりで元に戻って、嬉し泣きさせてやっからな！」

覚えてろ——!!

ウィンリィの泣き笑いのような顔が遠ざかっていく。最後のひと言が冷たい北風に吹き飛ばされないように、エドは車窓から身を乗り出し、声を限りに叫んだ。

第五章　亡国の賢者

虎穴に入らずんば虎子を得ず——という。どこか遠い国のことわざだと聞いた。リスクを負わなければ、大きな成果は得られない。冒したリスク以上のものを手に入れる、錬金術師のいう、等価交換によく似た意味だ。

そんなもののクソくらえと、オリヴィエは思う。

そのために中央司令部に乗りこんだのだから。

絨毯敷きの床を踏みしめ、大総統の執務室へと向かう。政府の中枢である中央司令部は軍事施設というよりも役所のようで、国境警備の最前線にあるブリッグズ砦とはまったく趣が違う。

ドラクマ戦圧勝の知らせは、中央行きの車内で聞いた。国土錬成陣の完成に一歩近づいたことになるが、それ以前にブリッグズ砦の最大の使命は外敵の侵入を防ぐことだ。ならば向こう数百年、アメストリスに歯向かおうなどという気を起こさせぬよう、圧倒的で完全な敗北を与えてやるまでと、オリヴィエはそう考えている。余計な戦を起こさぬことこそ、彼我のためになろうというものだ。

戦わずして人の兵を屈するは善の善なる者なり。

——これも遠い国の言葉だったか。

砦をあとにすることには、なんの迷いもためらいもなかった。

ブリッグズ兵は主が不在でも動揺することなく、ひとつの意志のもとに結束することができる。いわば〈しなやかに動く巨大な一枚岩〉だ。

だからオリヴィエは、砦に残してきた部下たちにこう言い含めてある。

万一のときは、私を見捨てろ――と。

スロウスはトンネルに戻されるや、めんどくせーと連呼しつつ凄まじい勢いで〈仕事〉を再開した。トンネルに続く床の大穴は、コンクリートを流してふさいである。

レイブンは――軍人の本分を忘れた老害は、オリヴィエがみずからの手でその練りたてのコンクリに沈めた。

情報を引き出すためスロウスの不死身ぶりを羨んでみせると、レイブンは訊かれてもいないことまでペラペラとしゃべった。

『完全な不死の軍団に興味はないか？』

国土錬成陣の完成に協力すれば不老不死の恩恵にあずかれると、お父様とやらにそそのかされたのだろう。

さらなる高みを目指すため、輝かしい未来のためなどと美辞麗句を並べ立て、〈選ばれた者〉ヅラで国民の命を踏み台にするような輩は、砦の地下でこの国の礎となるのがおあつらえ向きだ。

オリヴィエが大総統執務室のドアをノックするや、キング・ブラッドレイは挨拶もなく単刀直入に言った。

「レイブン中将の行方不明の件について聞こう。何をした？」

——やはり。

何をしたか知った上で訊いている。

ごまかすのは得策でないと、オリヴィエは直感した。

「要らんでしょう、あれは。あのような口先だけの輩がいては閣下のためになりません」

「……何を聞いた」

「この国の成り立ちについて、人造人間（ホムンクルス）について。そして」

閣下の正体について。

「君はそれを聞いた上で、私の呼び出しに応じたのか」

「私も永遠の命には少なからず興味があります」

閣下、と言ってオリヴィエはブラッドレイの目を見る。

「あの阿呆の座っていた席を私にください」

ブラッドレイはしばらく沈黙してから、面白いと声をあげ笑った。

「よろしい、君にその席を与えよう」

ひとしきり笑うと、ブラッドレイはふいに真顔になり、その代わり——と続けた。

「ブリッグズ兵を差し出してもらうが、いいか？」

「どうぞご随意に。手塩にかけて育てた屈強な兵たちです。かならずや閣下のお気に召すことでしょう」

間もなく砦には中央から新たな指揮官が派遣されるだろう。しかし中央の幹部は、ブリッグズ兵のことを何も知らない。〈しなやかに動く巨大な一枚岩〉の真価を。

「気に入った！　それでこそ……だ」

ブラッドレイが立ち上がり、オリヴィエを見おろした。

「したたかに足掻けよ、人間！」

内臓が震えるような、重く低い声だ。人ならざる者が放つプレッシャーにも動じることなく、オリヴィエはまっすぐに立つ。

ここが虎穴の入り口。

虎狩りのはじまりだ——と、そんなことを考えながら。

※

列車を乗り継いで、アルは再びリオールの土を踏んだ。

東部の小さな町だが、それでも人口より羊の数が多いリゼンブールより、ずっとにぎやかだ。

アルがうっかりラジオを壊してしまったフードスタンドも、町で一番高い鐘楼も健在だ。あたりを見回すと、家々の屋根の隙間から抽象芸術のような変な巨像が顔を出している。レト教の教主コーネロと戦ったとき、エドが怒りにまかせて錬成したものだ。町の景観を壊して申し訳ないと、アルは心の中で頭を下げる。

そのレト教の教会はすっかりさびれ、出入りする者がいる様子もない。

太陽神の代理人を騙ったコーネロは、錬金術を〈奇跡の業〉といつわり信者を集めていたインチキ術師だ。エドに『ド三流』呼ばわりされたあげく——実際にその通りなのだが——徹底的に懲らしめられ、信者たちの前で化けの皮を剥がされた。

気がかりは、コーネロが偽物とはいえ賢者の石を所持していたことだ。騒動の後始末にあたったマスタングらが追跡調査したにもかかわらず、コーネロの行方はようとして知れない。

今にして思えば、後ろに人造人間がいたのだろう。

リオールでの騒動からそう時は経っていないはずなのに、ずいぶん昔のことのように感じる。

「懐かしいなぁ……でも早く父さんを見つけないと」

父親が家を出たのは、アルがまだ赤子のころだ。だから父がどんな声でどんなことを話す人なのか、まったく知らない。ロックベル家のメインルームで見た家族写真だけが、父と自分をつなぐ小さなよすがだった。

父親不在の家でエドがその代わりを果たそうとしていたことは、アルもなんとなく察していた。幼いなりに母を支えようと奮闘し、その母が逝ってからはエルリック家の大黒柱であろうとした。それもこれも。

「ボクを守るため……だったんだよなぁ」

それだけに、エドの父に対するわだかまりは根が深い。

アルをリオールに行かせ、自身はブリッグズへ向かったのも、そのためだろう。

たしかにエドが父に会ったところで、約束の日について訊くどころか下手をすれば出会い頭に一発入れかねない。機械鎧のゲンコツで父を殴り飛ばすところを想像し、アルは頭痛を堪えるように自分の額を押さえた。

兄と違い、アルにはそもそも父と過ごした記憶がない。好きとか嫌いとか以前に、どんな感情を向けていいのかわからない。

──でも。

写真に写る父は、泣いていた。切なそうに眉を下げ、あふれる涙を拭おうともせず。

家族写真を撮るときは、普通は隣に写る母のように穏やかに笑うものだろう。

──父さんは、たぶん。

笑おうとして、それでも涙を堪えられなかったのではないか。それだけの想いが、父にはあったのではないか。あんなふうに泣くことのできる人が、家族を裏切ったりするだろうか——アルはそう思っている。

しかしいくらリオールがこぢんまりとした町でも、手がかりは十年以上前の写真だけだ。時とともに顔つきも変わっているだろうし、髪型や服装も写真とは異なるかもしれない。

さて、これからどうしよう——と思案していると、どこかで聞いたような男の声がして、アルはとっさに振り向いた。

「店長、これはこっちでいいですか？」

お父様の声と——よく似ている。

アルが目をこらすと、露天商の店先で、背の高い男が大きな野菜カゴを抱えにこにこと微笑んでいるのが見えた。

「ホーエンハイムさん、もう休んでいいよ」

「こんな放浪者が泊めてもらって、さんざんお世話になったんですから、これくらいどうってことないですよ」

——ホーエン……ハイム？

アルは野菜カゴの男を指さしたまま固まった。

「あ——！」

「俺の鎧コレクション!?」

ちがーう！　と、アルは思わず大きな声をあげる。

「いやいや、ボクだよボク！　ピナコばっちゃんから聞いてない？」

「……アルフォンス？」

十数年ぶりに顔を合わせた父は、写真そのままの姿だ。兄とよく似た髪の色も、立派な顎ヒゲも、眼鏡の向こうのどこか哀しそうな目も。

父との会話は、そこで途切れた。

責める気持ちはない。しかし元気？　とか久しぶり！　といった挨拶もしっくりこない。話すことがないのではない。何を話していいのか、何から話せばいいのか、心の準備はそれなりにしてきたつもりだが、とっさに言葉が出てこない。

お互いの顔を見つめ合ったまま、アルは父とふたりその場に立ち尽くした。

「父さんそっくりだった」

人通りのあるところで話すようなことではないと、アルは父に連れられ路地裏に引っこんだ。湿っぽい臭いのする土嚢に腰かけ、中央の地下でお父様と出会ったこと、国土錬成陣の阻止に動いていることなどを話すと、ホーエンハイムは鉛玉を吐き出すような重い溜め息をついた。

「そうか、あいつに会ったのか」

アルが訊きたかったのは、約束の日のことだけではない。目の前の父親と、あのお父様なる男が無関係とは思えない。

アルがそう言うや、ホーエンハイムの目が鋭い光を帯びる。

「俺があっち側の人間だったらどうする？　こんなにペラペラしゃべって、俺からあっちに筒抜けになるとは考えなかったのか？」

——そんなことは。

これっぽっちも考えなかった。

たしかに、実父とはいえアルにとってホーエンハイムはほぼ初対面の人物といっていい。でもやっぱり、どこか懐かしいのだ。

返答に困るアルの胸のあたりを、ホーエンハイムがゴンと叩いた。

「俺を信用してくれてありがとうな。嬉しいよ」

「……うん！」

アルが知る写真の中の父は、いつも泣き顔だった。しかし今、目の前にいる父は、思っていた以上に表情豊かでよく笑う人だ。

「……それで、お前たちは約束の日を阻止しようとしているってことか」

アルが首を縦に振ると、ホーエンハイムもそうかそうか、とうなずいた。

「これも俺たちの運命なのか」

エドワードにも聞いてもらいたいんだが……と、父は何かを決意したような顔つきになった。

「──すべてを話そう」

※

少年は〈奴隷二十三号〉と呼ばれていた。

名はない。

それでも不便なことはないから、このままで構わないと思っている。

一日に何度も水を汲み、薪を割り、火をおこし、家中をきれいに掃除して整える。来る日も来る日もその繰り返しだが、やはりこのままで構わないと思っている。主人の命令にさえ従っていれば、飢えることはない。

主人は日々の雑事とは別に、ときに奇妙な要求をした。二十三号の血液を欲したのだ。

主人はクセルクセス王に仕える錬金術師だった。

いつも偉そうにしているが──王宮に出入りできるほどには偉いのだろうが──奴隷に手をあげたりはしなかった。ただ研究に必要だと、ずいぶんと血を抜かれた。

その日も、二十三号は研究室の掃除にあたっていた。

棚からこぼれ落ちそうなほどの書物、草むらのように並ぶ無数の試験管。奥の壁際には炉のついた壺が部屋のヌシのように鎮座し、ほかのこまごまとした器材にニラミをきかせている。

机に広げられた紙には文字や円を組み合わせた不思議な図像が描かれており、そばにはペンとふたを開けたままのインク壺が放り出されていた。

薬品の臭いが漂う部屋に、何に使うのかわからない道具や書類が星のように散らばっている。それらを慎重によけながら、二十三号は水に浸したモップで床をこすった。ものを移動させたり、勝手にいじったりすると主人にひどく叱られるからだ。

――少年、そこの少年。

ふいに誰かに呼ばれた気がして、二十三号は床を磨く手を止めた。

「ねえ、もしもし」

今度ははっきりした声が聞こえて、煤(すす)で薄汚れた顔を上げる。あたりを見回すが、誰もいない。

「ここだよ、ここ」

声を頼りに机の上を見ると、フラスコの中に何か黒いかたまりが浮いている。

一握(いちあく)の灰のような、黒い霧のような、あるいはインクのような――。

小さなガラスの器の中でそれは呼吸するように震えたり、くるくると回ったりしている。

「お前……何だ？」

「君が実験のために血をくれた。私はその血から生まれた」

「ふーん。俺は奴隷二十三号」

奴隷……と闇が揺れた。

「〈権利や自由は与えられず、他人の所有物として譲渡、売買される人間〉のことか」

――ケンリ？　ジョウト？

黒いかたまりは、二十三号が知らない小難しい言葉を使って話した。

「なぜこんなのから私が生まれたのか、さっぱりわからない」

不思議なことを言う奴だ――二十三号は思った。

自分がなぜ生まれたのか、どこから生まれたのかなど、これまで考えたこともなかった。

「君が血をくれたから、私はこの世に生まれ出た。言い換えれば親だな」

黒いかたまりはふわふわと揺れながら、ありがとうと礼を述べた。

「君は名前ないのか。じゃあお礼に私がつけてあげよう。立派なのがいいだろう……そうだな……テオ……テオフラストゥス・ボムバストゥス……」

「長ぇよ」

「そうか…それじゃ、ヴァン、ヴァン…」

ヴァン・ホーエンハイム。

「……でどうだろう？」

「ヴァン・ホーエンハイムねぇ……」

「つづりは……そうだ君、文字の読み書きは？」

「そんなもんできなくても仕事はできる」

「それじゃ、いつまでたっても今のままだよ。自由と権利が欲しくはないか。他人の所有物として自由を奪われ、広い世界を知らぬまま檻の中で朽ち果てる気か」

難しいことはわからない――が、このままは嫌だとホーエンハイムは思う。

黒いかたまりの口ぶりでは、読み書きを覚えることは、ここから這い上がるための手段となるらしい。他人のモノとして、道具のように使い捨てられる境遇から。

「知識は何よりも宝になる。そして重荷にならない、生きていくための力だ」

黒いかたまりは、ガラスごしに切々と説いた。

「私が知識を与えてやろう。そうすれば奴隷の身から解き放たれるよ、ホーエンハイム」

一気に運が向いてきたような、それでいて少し怖いような――ホーエンハイムは額に汗を浮かべ、こわばった笑いを顔に貼りつけた。

「……お前はなんだ？　なんと呼べばいい？」

「フラスコの中の小人……とでも呼んでもらおうか」

透明な檻の中で闇がくるりと一回転し、にぃ……と笑った気がした。

さまざまなことを教わる中で、決してそうではないことを知った。

頭が悪いせいだと思っていた。しかし学びの基礎から世の中の仕組み、自然界の運行まで、〈フラスコの中の小人〉に出会うまで、ホーエンハイムは読み書きができないのは自身の

奴隷仲間も同じだ。

ホーエンハイムは習い覚えたことを仲間たちにも伝えた。他人に教えることは、自身にとっても理解を深める良い機会になる。習得の早さに個人差はあれど、みんな能力が劣っていたわけではない。学ぶ機会に恵まれなかっただけだ。

読み書き計算をひととおり習得したホーエンハイムは、奴隷の仕事をこなしながら研究室の書物を盗み読み、主人に自分を売りこんだ。

「錬金術もちょっとかじってますよ、ご主人。俺を助手にどうですか？」

〈ヴァン・ホーエンハイム〉と名乗るようになって驚いたのは、まず名前がもつ影響力の大きさだった。数字で呼ばれていたころ、周りは彼をいくらでも代わりのいる、均質な存在と見なしていた。しかし奴隷二十三号ではなく、具体的な姓名を名乗ることで、人々は彼を〈ヴァン・ホーエンハイム〉という、人格や感情を備えたひとりの人間として扱うようになった。

助手に取り立てられたホーエンハイムは、これまで読めなかった書物を読みこなし、何

に使うのかわからなかった器材も使いこなすようになった。

雑用のような仕事から出発し、やがて重要な実験を任されるようになり、青年期を過ぎるころには王宮に同道できるほどの錬金術師へと成長した。

滋養のあるものを食べ、美味い酒を呑み、上等の服を着てやりがいのある仕事に邁進する。授けられた知識を元に身を起こし、ホーエンハイムは実り豊かな人生を手に入れた。

そして、いずれはあたたかな家庭を——と考えていたころ。〈フラスコの中の小人〉に、自身にとっての幸せは何かと訊ねたことがあった。

『贅沢は言わないが、まずはこのフラスコから出られる身になれば幸せかな』

万学に通じながら、ガラスの容れ物から出たとたん死んでしまうはかない生命。ホーエンハイムに自由を与えながら、自身はいかんともしがたい不自由さを抱える存在。〈フラスコの中の小人〉に感謝しつつ、ホーエンハイムは密かに胸を痛めていた。

「ヒゲなんか生やして、ずいぶん立派に見えるじゃないか。ホーエンハイム」

ホーエンハイムはシッと指を口元に当てる。

「王の御前だぞ」

出会いから十数年もの時が経ち、少年の顎を立派なヒゲが覆うようになったころ。ホーエンハイムは〈フラスコの中の小人〉を連れ王宮へとやって来た。国王じきじきに訊ねたいことがあるという。

「不老不死だって？　どうして権力の座につくと、みんなそっちに行くのかねぇ」

〈フラスコの中の小人〉はせせら笑うように言った。

王が病気がちであることは、ホーエンハイムも主人から聞いて知っていた。

現在の王は名君のほまれも高い。

　交通網を整備し、旅人に食料と宿を提供することで、オアシスのほとりにある小国に過ぎなかったクセルクセスは、東西貿易の中継地としてなくてはならない存在となった。さらに旅人らが落とす金で錬金術の研究を強力に後押しし、多くの国民にその恩恵を分け与えた。

　しかし〈フラスコの中の小人〉は良くいえば弁が立ち、悪くいえば口さがない。相手が王だろうが奴隷だろうが、言いたいことを言う。

「無礼をはたらけば、そのフラスコを叩き割る！」

「君たち、たまたま偶然この私を創ることができたのに。ここで私に何かしたら、叩き割られるのは君たちの頭ではないのか？」

　青筋を立ててすごむ臣下をからかうように、〈フラスコの中の小人〉は容れ物の中でくるんと回転した。

　ムダ話はいいと、王が淡々と口を開く。

「不老不死。できるのか、できないのか」

「いいよ、不老不死の法を教えてやろう」

そんな方法があるとは夢にも思わず、ホーエンハイムはかしずいた姿勢のまま手にしたフラスコを見た。

小さな器の中で、闇はさも愉快そうに揺蕩っていた。


不死の確約を得て安心したのか。

王は病をおし、灌漑用水路の建設に着手した。国中に水をめぐらせ、農業生産の効率を上げるためだという。さすが下々のことまでよく考えておられると、ホーエンハイムは敬愛の念をさらに強くした。しかし――。

ひとつ、気がかりなことがあった。

治安がひどく悪化したのだ。北のボダス村が賊に襲われ皆殺しにされたのを皮切りに、同様の胸が悪くなるような事件が各地で起きている。

「ひどい話だ」

眉をひそめるホーエンハイムに、〈フラスコの中の小人〉は大変だねぇと気のない返事をした。

数年の歳月をかけ、用水路が完成したころ。

不老不死の錬成陣が王宮の壁に刻まれ、いよいよ儀式の日が訪れた。経験豊かな錬金術師である主人でも、はじめて見る陣であるという。

儀式の間は静まり返り、居並ぶ家臣たちの固唾を呑む音さえ聞こえてきそうだ。王がナイフで指を傷つけると、ぽたりと赤い血が一滴、壺の中に落ちた。

主人の助手にすぎないホーエンハイムは近くに寄ることを許されず、フラスコを手にしたまま遠巻きに儀式を見守った。

「すごいな、王が不老不死になるんだ……」

ふと、〈フラスコの中の小人〉と出会った日のことを思い出した。とてつもなく大きな幸運を手にした高揚感と、未知のものへの恐怖が代わる代わる押し寄せ、身体中の毛穴から汗となって吹き出した――。

「世紀の瞬間だ……！」

術が発動する。

ホーエンハイムが拳を握るのとほぼ同時に、床から無数の黒い手がぬらぬらと伸びてくる。

「おお……これが……」

王が感極まったようにうめいた。

不死身の肉体と聡明さを備えた王がクセルクセスを永遠の繁栄に導くと――その場にい

た。

主人が胸を押さえ昏倒する。それに倣うように、ほかの家臣たちも続々と床に崩れ落ちた。

「ぐっ……!?」

黒い手は蛇のように禍々しくのたうち、人々を捕らえる。

た誰もが信じた。


「我々にはなんの害も及ばないと言ったではないか……!」

王はそんな……と何度か口を動かし、枯れ枝のような腕をこちらに伸ばして意識を失った。ホーエンハイムもつられて自身の胸を押さえる――が、痛みはない。

手にしたガラスの器の中で、闇が踊るように回転している。

「なんだ、何が起こっている!? お前……何をした!」

闇が、にぃ……と笑った。

「錬成陣の真の中心は君が立っているここさ。私の中の君の血を使って、扉を開けさせてもらった」

血を分けた家族、ホーエンハイムよ。

「今――君と私が、すべての中心だ」

足場が崩れる。地面がぐにゃりと歪み、靴の下に巨大な眼が出現したかと思うと、無数の黒い手が蔓のように伸びてホーエンハイムをからめとる。テラスの外から稲妻のような激しい錬成光が射しこんで思わずそちらを見ると、触手は庭園といわず通りといわず、まるで動く森のように黒々として、あたりを覆いつくさんと波打ち、うごめく。

黒い手は空をかくようにひとしきりうねると、莫大なエネルギーを握りしめたまま、示し合わせたようにホーエンハイムが立つその一点に集中し――世界が、沈んだ。


まぶたごしに白く強い光が射して、ホーエンハイムは意識を取り戻した。

いつもと変わらない朝だ。

家々から煮炊きの煙があがる頃合いだろう。それらがひと段落すると、摘みたての花を売り歩くカイヤの声が通りに響くはずだ。ギダルーシュの店で食事をしたら、主人の指示のもと実験の準備に取りかからなくては。仕事が終わったら学者を夢見るタミィ少年に勉強を教え、夜には馬飼いのサリと酒を呑む約束が――。

ゆっくりと身体を起こすと、ホーエンハイムはまぶしさで眉間を押さえる。

煮炊きの匂いも、カイヤの声もしない。

乾いた風が床をなで、うっすらと積もった、粒のこまかい砂漠の砂を掃いていく。

針を落とす音さえ聞こえそうな静寂に、耳が痛くなりそうだ。

――何が……あった？

〈フラスコの中の小人〉を問い詰めようとした刹那。

引きずりこまれるというより、押しこまれるような圧迫感に襲われ、続いて魂ごと分解されるような未知の感覚がホーエンハイムを襲った。

そこまでは覚えている。

膝に力をこめてどうにか立ち上がると、ふらつく足取りでテラスへと出る。王も主人も家臣らも倒れ伏し、石像のように冷たく固まっている。

——みんな。

「みんな、死んでいる……」

ひく、と喉の筋肉が痙攣（けいれん）した。

テラスから街を見おろす。聡明な王のもと、永遠の繁栄を約束されたはずの街並みに、青ざめた死が滓（おり）のように沈殿（ちんでん）している。

「なんだ、これは……」

カイヤ、ギダルーシュ、タミィ、サリ。

「誰か……返事をしてくれ……」

無理だな、と背後から声がした。

「みな魂を抜かれている」

振り返ると——。

「俺が……いる……」

自身とまったく同じ顔をした男がテラスに腰かけ、満足気な笑みをたたえてこちらを眺めている。

「君の血の情報を元に、容れ物を作らせてもらったよ。やれやれ、やっと窮屈なフラスコから出ることができた」

「お前……〈フラスコの中の小人〉なのか……」

ホーエンハイムの似姿は、うなずく代わりに唇の端を吊り上げた。

「血をくれた礼に、名を与え、知識を与え、そして今、死なない身体を与えた……。この国の人間のすべての魂と引き換えにな」

——なんて……ことを。

「ま、半分は私がもらったがね。協力に感謝するよ、ホーエンハイム」

ホーエンハイムの意識に大勢の声がこだまする。肉体から強引に引きはがされた魂の群れが、砂嵐のように逆巻きながら混乱と苦悶と呪詛の叫びをあげている。

生き物の気配のない街で、ホーエンハイムは身が裂けるほど絶叫した。

※

夜明けを待たず、アルはリオール駅へと急いだ。

日の出が近いにもかかわらず空は煤を塗りつけたように真っ暗で、行儀良く並んだ非常灯の明りだけが線路わきに丸い光を落としている。

父の出自については驚きばかりが前に出て、んはぁ!? という感想しか出てこない。十数年ぶりに会った父親にいきなり突拍子もない告白をされて、ハイそうですかと納得できるほうが頭がどうかしている――とアルは思う。

しかしアルは、その〈頭がどうかしている〉部類らしい。

たしかに驚いてはいるが、自身が〈鎧に定着した魂のみの存在〉であるせいか、動揺は少ない。父がロックベル家に貼ってあった写真とまったく変わらない姿でいるのも、合点がいく。

死なないことについて、父は便利なこともあるとした上でこう言った。

『……友達が先に逝ってしまうのが嫌だな』

『……ボクは、夜にひとりだけで起きているのが嫌だな』

そう返すと、父が眉を下げて微笑んだ。

父親らしいことをしてもらった覚えも、家族として過ごした記憶もない。それでも、どこか通じ合うものや分かち合えるものを感じ取り、アルは空っぽの鎧があたたかいもので満たされる気がした。

ホーエンハイムはしばらくこの町に残ると言った。お父様の野望を阻止するため、やるべきことがあるのだという。

　アルは地下トンネルを破壊するのが手っ取り早いと考えたが、ホーエンハイムはやめておけと返した。

『下には〈プライド〉という、とんでもない人造人間が待ち構えてるぞ』

『そんな……急がないと奴らの錬成陣が完成しちゃうよ』

『いやぁ、もう完成しているかも知れないぞ』

　だったらなんでと焦るアルに、父は天を指さした。

『まだ〈その日〉ではないからだ――あいつはその〈来たるべき日〉を待っている』


「一刻も早く兄さんに伝えなきゃ……」

〈約束の日〉とはいつなのか。

　果たして何が起きるのか。

　日の出とともに出発する始発列車を待っていた、そのとき――。

　非常灯が落とす丸い明かりに、あやしい影が映る。

　におうよ、におうよ。

「鋼の錬金術師の弟のにおいだ」

　列車の屋根の上から、グラトニーがこちらを覗きこんでいる。

ぞる……と、足元から陰惨な気配が這い寄ってくるのを感じ、アルは思わず飛びのく。
グラトニーとは比べ物にならない、神経を削り、魂を凍らせるような恐怖が貫く。
——まずい！
そう直感したときにはすでに遅く、夜より密度の濃い闇がうごめき、アルを捕らえた。

第六章　再会の夜

東部の町リオールは、国土錬成陣の円周上に位置している。

ホーエンハイムは、レト教本部の地下室からスロウスが掘り進めているトンネルに入った。

ランプをかざすと、じっとりと湿った闇の向こうに光の輪が吸いこまれていくのが見える。

「……もうすぐ完成って感じだな。こんな立派な穴を掘りやがって……」

計画は進んでいる——着々と、粛々と。

つい先だって、アルがリオールへとやって来た。まさかふたりの息子までが〈フラスコの中の小人〉と接点をもつとは夢にも思わず、ホーエンハイムは〈運命〉という言葉の苦さを奥歯で噛み潰す。

エドとアルを巻きこみたくはなかった。

ピナコから人体錬成のことは聞いてはいたが、アルはトリシャに似た面差しの愛らしい赤子だったから、コレクションしていた鎧の姿で現れたときはしばらく言葉が出なかった。

せめてそばにいることができていたなら——と、針のような後悔が胸を刺す。

しかし十数年ぶりに再会したアルは、エドのたくましさとはまた異なる、しなやかな強さを身につけているようにも見えた。

〈フラスコの中の小人〉と瓜二つの父を過剰に警戒することもなく、アルは素直に手持ちの情報をつまびらかにした。その、無条件に寄せられる信頼に胸があたたかくなった。

死ないってどんな感じ？　と訊ねるアルに、ホーエンハイムは素直な想いを語った。

『……友達が先に逝ってしまうのが嫌だな』

親しい人々はみんなホーエンハイムを置き去りにし、なじんだ風景も移ろっていく。広く世の中に目を向ければ同じ悲劇が幾度となく繰り返され、人間は歴史から何も学ぼうとしない。しかしそれもまた大いなる流れの中のひと揺らぎであると思えば、悲しみも少しで済んだ。

世界には人の短い一生では見つくせない不思議なもの、美しいものが山ほどあり、それらと出会うたび、この身体で生きていくのもいいものだと自分なりに落としどころを見つけたつもりだった。

だがトリシャと出会い、ふたりの子をもうけたとき。

愛する家族と一緒に老いて、死にたい。

切なる願いが、ホーエンハイムの心に芽生えた。

不老不死を捨てる方法を探し研究に没頭するうち、〈フラスコの中の小人〉の企みを探り当て、そして旅へ出た。もとの身体を取り戻すために旅に出た息子らと同じような状況だ。似た者親子だと、ホーエンハイムは苦笑する。

しかし——。

そのトリシャも、先に逝ってしまった。

およそ十年ぶりにリゼンブールに戻り、妻の墓前に立ったとき、ホーエンハイムは後悔と自責と悲しみで足が釘づけになった。いっそこの身が岩になってしまえばいいと思った。エドと出会わなければ、その場から動くことができなかったろう。

惚れて惚れて惚れ抜いて、ようやく一緒になった女だ。

同じ時代に生きる幸せを、もっと分かち合いたかった。

〈約束の日〉は、〈フラスコの中の小人〉の野望を叩き潰すのと同時に、ホーエンハイムがもとの身体に戻る好機でもある。だからそのときまで――エドとアルの成長を見届けるまで、トリシャには待っていてほしいとも思っている。

トンネルを進みながら懐から地図を取り出し、現在地を確認すると、ホーエンハイムはふいに足を止めた。

ネクタイをほどき、シャツのボタンを外しながら、数百年をともに過ごした同胞の名前を呼ぶ。

――ドナトゥス、ラインマル、ポスウェル、ジャンニ、コラン、トーニ、ウィラード。

「……すまない、みんな。使わせてもらうよ」

あらわになった胸を指で引き裂くと、深紅の液体が勢いよく噴き出す。足元にこぼれたそれが、まるで生き物のように小さな螺旋(らせん)を描いて地中へと潜りこむ。

「もう少しだ……」

ランプの灯芯がわずかに震え、壁に映るホーエンハイムの影がちらちらと揺らめいた。

※

厚手のコートを小脇に抱え、エドは夜の小路を足早に歩く。

ブリッグズから列車を乗り継ぎ、ようやくスカーの隠れ家に戻ったころには、日はとっぷりと暮れていた。極寒の北部から温暖な中央の町はずれへ。急激な気温の変化に身体が少し戸惑っている。

「アルフォンス様は？」

メイはよほどアルに恩義を感じているらしい。エドに対してはお疲れさまもお帰りなさいのひと言もないのに、開口一番アルの心配だ。

「あいつ、まだ戻ってないのか……。スカーはどこだ？」

メイは飴玉のような目をくりくりさせ、矢継ぎ早に言った。

「お兄さんのあの研究書の、本当の意味がわかったんでス！　裏国土錬成陣でス！　スカーさんはそれを実行に移す準備ニ……」

「裏国土錬成陣？」

お父様の計画に対抗するすべが見つかった……ということらしい。詳しい話を聞こうと室内に足を踏み入れようとしたとき、背後からよっ！　と妙になれなれしい声がした。

——この声は。

「リン！　……リンなのか？」

「……グリードだよ」

エドはわざと落胆した顔を作ってみせたが、心の内では希望を失っていない。グリードがここに顔を出したのは。おそらくリンの意志が働いている。

裏国土錬成陣の話は後回しにし、エドはグリードを見回りに連れ出した。

隠れ家の裏手にある森には、秋の気配が漂いはじめている。下草を踏みながら進むたび、木々の隙間から町の灯がちらちらと見え隠れする。

グリードからは殺気や敵意は感じられない。人ならざる者と肩を並べて歩いているかと思うと、エドはなんともいえない不思議な気持ちになる。

「まだ信じてねぇよな」

「当たり前だ。お前、人造人間（ホムンクルス）だろ」

お父様に逆らいはしたが、かといって人間にも与しない。強欲の性（さが）の命じるまま奔放に生きるグリードがなぜ、エドのもとに顔を出したのか。

信じたいのだ。リンが中にいる以上、グリードもまた嘘はつかない奴なのだと。

「こうして偵察にも付き合ってやってるのに」

「早くリンに身体を返せ」

「そうはいかない。結構気に入ってるんだ、この身体」

「いつか、お前のほうを追い出してやる」

せせら笑うグリードを横目でにらみながら、エドが悪態をついたとき。

木々の重なりが溶け合って作る闇に、ぬっと大きな輪郭が浮かんだ。

――アルだ。

「アル！　やっと来たか！」

駆け寄るエドに、アルは兄さん……とだけ言った。いつものアルではないような気がして、エドは小さく首をかしげる。

「どうしたんだ、どこか悪いのか？」

「……なんで？」

「いや……なんとなく」

どこがおかしいと、はっきり言えるわけではない。

ただアルが動くときの金属音が――耳になじんだ、鎧が擦れ合う音が微妙に違う。強いていうなら、いつものガチャガチャ音にギシリとノイズが交じったような――。

「エド……！」

グリードが――おそらくは中にいるリンが、鋭く声をあげる。

「そいつから……離れロ！」

エドに警告を発しながら、グリードの――あるいはリンの――視線はアルを見つめたまま動かない。額に汗をにじませながら、脳内に響く警報にじっと耳をかたむけるように、浅く息をついている。

「そいつハ……それハ……」

アルの足元からずるりと影が伸び、刃のような鋭さをもってエドに襲いかかる。

――影が、実体化している!?

エドが機敏（きびん）に身をかわすと、背後の木々が音もなく倒れた。折られたのではない。切断されたのだ。少しでも反応が遅れていたら、身体を真っ二つに裂かれるところだった。

「なんだぁ!?」

鎧の隙間から瘴気（しょうき）のように影が噴き出し、アルの手足をギチギチと呪縛する。

「グリード、そちらについたのですか」

影が耳障りな声で言った。感情のこもらないそれは、〈声〉というより〈音声〉に近い。

「そんな人間に乗っ取られるなんて……魂が弱すぎる！」

知り合いかよと訊くエドに、グリードはあ～と返した。

「こいつは〈傲慢（プライド）〉。一番上の兄ちゃんってとこだが、俺から見てもこいつは化け物だ」

——人造人間か。

「こんにゃろ……アルに変装するとは……」

「変装ではありません」

ぞるぞると忌まわしい音を立て、首のあたりから影が湧く。プライドは勝ち誇ったように鎧の頭部を持ち上げ、胴体の内側に記された血印を見せつけた。

「野郎……!!」

まぎれもない、アルの身体だ。エドは眉間が灼けるような怒りを覚え、強く奥歯を噛む。

「グリードはここで始末させてもらいます。鋼の錬金術師は一緒に来てもらいましょうか」

先ほどまでうねうねとくねっていた影が鋭利な刃に変化し、凄まじいスピードでエドに襲いかかる。アルを中心に影は全方位、自在に伸縮を繰り返し、死角がない。

「ここで食い止める!」

土で錬成した盾はケーキを切り分けるようにきれいに四等分にされ、エドはうぇっ!?と声をあげて身をかわす。

エドが長い旅の中で学んだことのひとつに〈逃げるが勝ち〉があるが、しかし今回ばかりは町へ逃げこむわけにはいかない。強い光がある場所では、おそらく影はその力を増すだろう。何より、無関係の人々に累が及ぶ。

「こいつにガードなんて効かねえぞ!」

グリードが叫ぶや、地面を疾走する影がグンと鋭角を描き、その喉元をとらえる。

「あぶ……っねえ……！」

硬いもの同士がぶつかる甲高い音が響き、グリードが二、三歩後ろによろけた。

首から顎にかけ、黒く変色している。

「あいつ……」

——身体を硬化できるのか。

漆黒の刃は瞬時に変形し、今度はしなやかな鞭のようになってグリードをからめとる。

変幻自在、電光石火。

なるほどグリードが言う通りの化け物だと、エドは再び盾を錬成する。国家錬金術師と
人造人間のふたりがかりでも歯が立ちそうにない。額に焦燥の汗がにじみはじめたとき、
背後から嫌な気配を感じて、エドはとっさに身をかがめる。

刹那、木の幹が大きくえぐれ、メリメリと音を立てて倒れた。

におうよ、におうよ。

「鋼の錬金術師のにおい、グリードのにおい」

グラトニーだ。ガムでも噛むように木の皮を咀嚼し、肉に埋もれた喉をごくんと鳴らす。

「またお前かよ！」

グラトニーの腹が縦に裂け、牙のような肋骨が開く。その奥の暗黒からのぞく巨大な目

玉と視線が合い、エドは思わずひるむ。

暴風の気配を感じるより早く、横飛びに身をかわそうとしたとき。

闇を裂くような鋭い光が、グラトニーの四肢に走る。切断された肘と膝から血がホースの水のように噴き出し、巨体が前のめりに沈んだ。

「このにおい……おで、知ってる……」

機械鎧の左腕がヒュンと空を斬り、下草に落ちたグラトニーの血が霧となって夜風に拡散する。

黒衣の戦士は音もなく地面を蹴ると、肘から飛び出した刃でグラトニーの脳天に強烈な一撃をお見舞いする。突き刺さったままの刃を軸に身体を倒して首をへし折ると、そのまま地面に叩きつけた。

その流水のような身のこなしには、エドも覚えがある。

「息災で何より！　待っていたぞランファン！」

グリードがエドにはわからない異国の言葉で叫んだ。シンの言葉か。

――リンと交代したのか。

夜陰にまぎれて立つランファンの左腕には、月明りを弾き、鈍く輝く機械鎧が装着されている。エドが一年かかった機械鎧化のリハビリをわずかな期間でやってのけ、しかも戦線復帰を果たすとは――やはり大した奴だと、エドは口の端を吊り上げる。

「エド！　ここはランファンに任せテ、プライドの容れ物を探すんダ！」

「容れ物？」

「ああ、森の大きな影に本体が潜んでいるはずダ！」

鬱蒼とした森特有の湿った土が、靴のかかとに絡みつく。その粘つくような感覚を振り切るように走り、エドはリンとともに木々の奥へと分け入る。

青白い月の光にたたずむ小さな人影が、眼球だけを動かしてエドを見た。あどけない顔立ちには不似合いな、冷たい眼だ。

「しっかしまぁ、こんなガキが人造人間だったとはね」

そもそも一国のトップからして人造人間だったのだ。その息子とされる少年が人ならざる者でも、今さら驚くことではない。

「まんまと騙されていたぜ、セリム」

「外見など記号でしかありませんよ――小さい錬金術師のお兄さん」

セリムの足元からぞろりと影が這い出す。放射状に押し寄せるそれを、エドが機械鎧の右腕で薙ぎ払ったとき。

タイミングを計っていたかのように、フーが何かを投げ上げた。まぶたの裏まで灼くような光が白々と夜を照らし、一切の影を消し去る。

「閃光弾か……！」

「こいつの影は、本体から切り離されれば霧散してなくなるんダ」

リンの助言に、セリムが不機嫌に舌を鳴らす。

「……ペラペラと……できの悪い弟ですね。……おや、近くにいますね？」

ホーエンハイム——と言って、セリムは自身の足元に影を戻しはじめる。

「俺の息子たちに、ずいぶんとなめた真似をしてくれるじゃないか」

ホーエンハイムが悠々とした足取りでセリムに歩み寄る。ズボンのポケットに手を入れたままのその恰好がいかにも余裕ぶっているように見えて、エドは少しばかり面白くない。

「やっと登場ですか」

「ヒーローは遅れてやってくるものだよね。うん」

「〈ヒーロー〉ということは、私を倒す気でいるのですか？」

いや、と言ってホーエンハイムは苦笑した。

「やめとくよ。お前はおっかないからなぁ」

錬金術師としての実力がどれほどかは知らないが、今さら姿を見せて今度はヒーロー気取りかと、エドは腹立ちまぎれに父をにらみつけた。

しかし今、セリムは明らかに警戒している。野生の獣がそうするように、じっとホーエンハイムの出方をうかがっている。

そのとき——。

闇の中から、二本の長い腕が伸びるのが見えた。

「アル！」

セリムの襟首を掴もうと迫る金属製の手は、しかしセリムの影によって難なくからめとられ、鎧の頭部がゴトリと地に落ちる。

「私の気をホーエンハイムに引き付けて背後から襲う、ですか。つまらない作戦ですね。わざわざ人質になりに戻るなんて、あなたの息子も物好きな」

「俺の息子をバカにするな」

断罪するような強さで言うと、ホーエンハイムが右足を踏みこむ。

刹那——足元に錬成光が閃き、大きな石柱がアルとセリムを取り囲むように出現する。巨人の肋(あばら)のようなそれは見る間にふたりの頭上にまで達し、巨大な岩のドームを形成した。

「はやっ！」

大質量の錬成を恐るべきスピードで、しかもノーモーションでやってのける。父の実力をはじめて目の当たりにし、エドはしばらく動けないでいた。

※

エドの怒鳴り声が、分厚い岩を通してかすかに聞こえる。

兄さん、怒ってるだろうなあ――と、額に手をやろうとして、アルはようやく鎧の頭部を落としたことに気づいた。

プライドはおそらく最強の人造人間だ。しかし倒すことが難しいのなら、封じてしまえばいい。完全な闇の中では、セリムは影を出すことすらできない。一時でも足止めすることができれば、対策を立てる時間は稼げる。

フーが投げた閃光弾で影の呪縛から解き放たれたアルは、中央に到着したばかりのホーエンハイムに岩ドームを錬成するよう提案をもちかけた。

父の腕前を見こんでのことだ。

これまで、たいていのことは兄と相談して決めてきた。しかし今回の作戦はアルの独断だ。

「これでお前の能力も使えない」

「その声は……アルフォンス・エルリック。しかし君もここから出られませんよ」

そんな気はハナからないんだよと言って、アルはセリムの声がするほうに身体を向ける。

「我慢比べといこう、セリム」

いや――。

人造人間〈プライド〉。

アルには酸素も光も食べ物も必要ない。元の身体に戻りたい気持ちに嘘はないが、こんなとき鎧の身体は便利だと我ながら思う。

「なんなら〈約束の日〉とやらが過ぎるまで、ここにいようか」

ふいに、何かをコツコツと叩く音が聞こえ、影さえ呑みこむ濃密な闇にさざなみを起こす。

暇潰しの遊びだろうか。転がったアルの頭部を、セリムが木の枝か何かで叩いている。

強大な力をもっていても、やはり中身は子供なのだろうか。

それなら、なすがままにしておこうと——アルは思った。

※

どういうことだ!? と、エドは父に食ってかかった。

「アルが巻き添えになってるじゃねぇーか!」

「これはアルフォンスの提案だ」

——アルが?

「これで我々が対策を立てる時間を稼げる」

「だからって、なんでオレに相談なく……!」

「『兄さんに言ったら絶対反対される』ってさ」

ピシャリと返されて、エドは思わず黙りこむ。

「一瞬で閉じこめるには、奴の影をなるべく中心に集める必要があった。アルは『一番適しているのは自分だから』と、この役を買って出てくれたんだよ」

このままでは町の住人にまで被害が及ぶ可能性がある。ならば倒すのではなく、押さえこむのが最善手だと、エドもそう思う。しかし、アルが兄より父を頼りにしたことがなんだか悔しくて、エドは目を伏せる。

「あいつなりに、全員が生き残るすべを考えた結果だ」

――アル……。

木の枝をガサガサと鳴らす音がして振り向くと、大小ふたり分の人影が近寄ってくるのが見えた。

スカーとメイだ。

「己れのほうの準備は整った」

「裏国土錬成陣……」

スカーが無言でうなずく。お父様の計画を阻止する、切り札となるもの――。

「あいつがいる地下の中心部へ向かうルートは複数あるから、分散したほうがいいナ」

グリードの――いつの間にかリンと交代していた――提案を受けて、ホーエンハイムがさあ、とみんなの顔を見回す。

「アルフォンスが一番やっかいな手下を封じこめてくれている間に、俺たちは親玉退治だ」

アルが踏ん張ってくれている。ならば、あとはすべての計画を実行に移すだけだ。

「アル！　ちょっくら行って、地下のヒゲの野郎をぶっ飛ばして来るからな！」

鋼の拳でドームを叩くと、壁の向こうからゴンと叩き返す音がした。

いつの間にか、東の空が白みはじめている。

鮮やかな色の雲を引きながら、太陽が昇る。

日食の日は近いと、エドはまぶしさに目を細めた。

第七章　中央動乱

（中央：セントラル）

火薬と土埃の匂いが、演習場の高みまで上ってくる。

大砲に着火する兵士の頬の傷から、塹壕(ざんごう)から身を乗り出し潜望鏡をのぞく兵士の肩章まで、キング・ブラッドレイの目にはよく見える。

東と北による合同軍事演習の視察のため、ブラッドレイは東方司令部を訪れていた。

両軍とも練度が高いだけに演習のたび対抗意識を剥き出しにするのが常だが、ブリッグズ兵不在の今回だけは気味が悪いほどおとなしい。

「ブリッグズ兵はどうした？」

「昨日の列車事故の影響で、まだ到着しておりません」

「結局、間に合わずか……」

背後から閣下、と呼ぶ声がした。演習場に目を落としたままのブラッドレイに、側近のひとりが耳打ちをする。

「裏は取れたのか？」

側近がうなずくと、ブラッドレイが立ち上がった。

「中央に戻る」

——若造が、やってくれる。

大総統不在により手薄になった中央で、イシュヴァールの残党によるテロがおこなわれるとの情報が入った。裏取りにあたった別の側近によると、たしかにこの数日、中央付近に多数のイシュヴァール人が流入しているという。

しかし、これは囮。

テロの混乱に乗じてマスタング隊が決起、中央司令部を乗っ取る計画――であるらしい。

軍用列車の固い座面に腰かけ、ブラッドレイは側近らの声を無言で聞いた。

「マスタングめ、大それたことを……」

「使える部下をすべて引き離して、牙を抜いたというのに」

牙を抜かれた程度で下を向くような男ではなかった、ということだろう。飼い犬になっても負け犬にはならぬ。ロイ・マスタングとはそういう男だ。

ブラッドレイの胸に再び――ごくわずかだが――憤怒以外の感情が湧いてくる。

スロウスの〈仕事〉が完成し、国土錬成陣発動の準備は整った。

お父様の邪魔をする者があれば、むろん人造人間としての矜持をもって排除しなくてはならない。だが、せいぜい数十年の命しかもたぬ人間が、数百年単位で仕組まれた計画にどう抗ってみせるのか――心の片隅で心待ちにしている自分もいる。

ふいに、車輪が悲鳴のようなきしりをあげた。

鉄橋の半ばにさしかかったあたりで、列車が急停車したのだ。せわしない足音とともに、外から運転士の声が聞こえてくる。

「お急ぎのところ申し訳ありません。羊の大群が線路を横切っているので」

これだから田舎は……と部下が不満をもらしたとき、ゴトリと金属のかたまりが落ちるような音がして、先頭車両が客車を置いて走り去るのが見えた。

刹那、雷のごとき爆音が鼓膜を震わせ、床が真っ二つに裂けた――。

※

「ありがとう、マダム。この借りはきっと」

マダム・クリスマスはこちらに背を向けると、お安い御用とばかりに片手を振った。

「楽しみにしているよ、ロイ坊」

いい加減、坊や扱いはやめてくれないかなぁと思いながら、マスタングはその後ろ姿が見えなくなるまで見送った。

地下水道の薄暗がりが、腐食の目立つ通路にぼんやりとした影を落とす。

マスタングは中央にもっているいくつかの隠れ家のうち、もっとも見つかりにくい部屋へと向かう。唯一の持ち物である鞄には、マダムが苦心して集めた古い写真が入っている。

二十年前……三十五年前……五十年前。

いずれの写真にも、同じ少年がほぼそのままの姿で写っている。時を移し名を変えながら、常に政府要人のそばにいた少年――いや、人造人間。

セリム・ブラッドレイ。

さらに大総統の生家があったとされる町にも、ブラッドレイなる一家を知る古老はひとりもいなかった。キング・ブラッドレイがそこで生まれ、育った公的な記録は存在するが、記憶している者がいない。大総統みずからがマスタングに明かした出自についても、これで裏が取れたことになる。

マダム・クリスマス――本名はクリス・マスタング。

よく短期間で、これだけ調べてくれたと思う。この人には、育ての親には隠しごとはできないと、マスタングは苦笑いをした。

地下道を進んだ先に小さな扉が見える。建付けの悪いそれを強引に押し開くと、いつもの顔が並んでマスタングを出迎えた。東方司令部から苦楽をともにした、かけがえのない仲間たちの顔だ。

「遅いですよ、大佐」

「置いていっちまうところだった」

親友同士であるブレダとハボックは、憎まれ口を叩くときでさえ息が合っている。決戦のときを前に見せるそのふてぶてしさが今はなんとも頼もしくて、マスタングは思わず笑みをこぼす。

「奴らに尾けられてないか？」

「何かあったらこの子が反応します」

ホークアイの足元で、賢そうな顔つきの黒犬がくんくんと鼻を鳴らしている。ブラックハヤテ号はフュリーが拾ってきた中型犬で、ホークアイが面倒を見ている。今では立派なマスタング隊の一員だ。

「役に立つよなぁ」

「まったく、階級をつけてやりたいくらいですよ」

ファルマンとフュリーが頭をなでてやると、ハヤテ号は誇らしげに胸を張った。

「よし！　私がこの国のトップに上りつめたあかつきには、少尉相当官の地位を与えよう」

僕より上!?　とショックを受けるフュリーのかたわらで、ハボックが電話を取る。

「……わかった。よし、成功だ」

イシュヴァール時代の部下であるチャーリーらが鉄橋を爆破。ブラッドレイが乗った列車が谷底に転落したとの一報が入った。キング・ブラッドレイは爆死——あるいは行方不明。セリムはアルフォンス・エルリックが身体を張って足止めをしている。

千載一遇のチャンスか、それとも落とし穴か。

「逃げるなら今のうち——」

マスタングが言い切らないうちに、全員が何を今さらと口をそろえる。

約束の日に備え、入念な準備を重ねてきた。だがそれでもなお、迷いがないわけではない。まったく個人的な理想に、部下たちを付き合わせることに。大きな賭けに、彼らを巻きこんでしまうことに。

マスタングのためらいを断ち切るように、ホークアイが決然と言う。

「大佐、命令を」

背を預けた部下に背中を押され、マスタングはひとつ息を吸ってから、仲間たちの顔を見渡した。

「……今のわれわれが持っているのは戦場への片道切符。失敗すれば元に戻ることはできない。となれば諸君らが守るべき命令はひとつ……死ぬな！　以上だ！」

この上なくシンプルな、希(ねが)いにも似た命令に、部下たちは敬礼で応えた。

※

中央司令部の会議室は無駄に豪奢(ごうしゃ)だと、オリヴィエは思う。

特に、上等なカーテンで飾られた窓などは。

よく磨かれたガラスが、爆音の振動でガタガタと鳴った。その向こうに広がる街並みから、黒い煙が出陣の狼煙のように立ち上っている。

オスター将軍が受話器に向かって金切り声をあげた。

「……マスタングだと!?」

「クーデターか！」

「ええい、大総統の安否もわからないというのに！」

受話器を叩きつけると、オスターは飛び降りんばかりの勢いで窓から身を乗り出し、眼下の広場を指さした。

「ブリッグズ兵が中央司令部に向かっているぞ！」

——ようやく気づいたか。

「……ブリッグズ兵は東で演習中のはずではないのか？」

「どうなっている、アームストロング！」

ドルマン将軍とシュルツ将軍の顔を交互に見比べて、オリヴィエは鼻で笑った。

「もう私の兵士たちではありませんが……」

「お前……何か知っているな？」

知っているといえば、たしかに知っている。自身が事実上の人質であることを。

軍幹部は、オリヴィエを中央に召喚することでブリッグズ兵が造反しないよう、足枷をつけたつもりでいるのだろう。しかし彼らは、ブリッグズのことを何も知らない。

オリヴィエは部下たちに『有事の際は私を見捨てろ』と言い含めて砦をあとにした。

ブリッグズの掟は弱肉強食だ。指揮官であれ末端の兵士であれ、倒れれば単に弱かっただけのこととして切り捨てられる。オリヴィエの存在は、部下たちにとって弱点にはなり得ない。

兵を引き揚げさせろと、シュルツがいきり立つ。

「もうすぐ新しい世界が訪れ、われわれは不老不死となるんだぞ！　その選ばれしエリートに逆らうのか！」

それが本音かと、オリヴィエはサーベルに手をかけた。

「もうダメだな、貴様らは……」

銃を握るシュルツの手を串刺しにすると、取り落とした銃を奪いドルマンの眉間に突き付ける。

「反逆者になるか、アームストロング！」

「どうかな？　事が終えたときには、英雄になっているかもしれんぞ」

引き金にかけた指に力をこめた、そのとき。

背後から派手な破壊音がして、オリヴィエは反射的に飛びすさる。

「またお前か……」

壁に穿たれた穴から、岩を思わせる巨躯がのっそりと現れた。足元には、蚊のように潰されたドルマンが血だまりに沈んでいる。

「あれ……こっちか……」

スロウスがのろりとオリヴィエを見た。

「女将軍……倒せっていわれた……めんどくせー……」

「かかってこい、のろま！」

サーベルでスロウスをけん制しながら、じりじりとホールへ誘導する。会議室のような狭い場所で突進され、両手首の鎖を振り回されては逃げ場がない。

右手のサーベルで鎖をいなしつつ、左手でスロウスの顔面を銃撃する。だが、せいぜい豆鉄砲程度のダメージしかいかない。

弾が命中したあたりをポリポリとかきながら、スロウスが左腕を大きく薙ぐ。手首に装着した極太の鎖が意志をもつかのようにしなり、風切り音を立てて壁を大きくえぐった。

鎖での攻撃をかわそうと柱の陰に身を隠す——が、スロウスの巨大な手がオリヴィエを柱ごと押さえこむ。

「つかまえ……た」

十本の指に締め上げられ、全身の骨がきしむ。みぞおちのあたりにスロウスの中指が食いこんで、肺からぐっと空気がもれた、そのとき。

砲弾のような拳が高速でオリヴィエの髪をかすめ、スロウスの眉間を直撃する。頭蓋骨が砕けるような音とともに、スロウスの巨体がすがすがしいほど派手に吹き飛んだ。

「姉！　上！」

見慣れた人影が隆々とした筋肉をさらに盛り上げ大砲（おおづつ）のように立っている。

「ご無事かッ！」

「誰にものを言っている、アレックス」

オリヴィエは素早く体勢を立て直すと、久しぶりに顔を合わせる弟に唇を吊り上げてみせた。

「ところでなんですかな、あれは？」

「人造人間だ！」

鉄砲玉くらいではビクともせんぞと続けると、アレックスはさして驚いた様子も見せず、なんと！　と返した。

「それは吾輩の得意分野ではありませんか！」

生家に代々伝わる錬金法を継いだのは――芸術的かどうかオリヴィエは知らないが――弟だ。

アレックスが投げ上げた瓦礫は、拳で撃ち出されるのと同時に鋭利な矢じりに錬成され、大きな的に次々と命中する。続々と撃ち出される瓦礫の嵐にスロウスは動くことさえできず、ただ食らい続けるしかない。

オリヴィエが床を蹴り、アレックスが負わせた傷に剣先を突き立てると、たしかな手ごたえとともに人造人間の巨体が大きくぐらつく。

「よし！　皮膚の下はいける！」

スロウスはふらつく足取りで、死ぬ、めんどくせーと繰り返しながら、うつろな目でアームストロング姉弟を見た。

「いてぇ……めんどくせー……本気出すの」

超……めんどくせー。

スロウスが心底億劫そうに口を動かした、その刹那。

弟との間に空気の溝が走った。

ゴッと破壊音がして思わず振り返ると、スロウスが壁に上半身をめりこませている。

空を裂く衝撃で、サーベルの刃がビリビリと振動する。

「今の……見えたか？」

「……かすかにしか……」

スロウスが壁から身体を引き抜き、のろのろとオリヴィエのほうに向き直る。

再び一陣の突風が走り、今度は柱に激突した。

「なんてスピードだ……こいつ」

——今まで、なまけていたのか。

「そう……俺……最速の人造人間」

スロウスの残像がアレックスの頬をかすめ、勢いあまってオリヴィエの横に激突する。

「こいつ、速すぎて自分でもコントロールできていないんじゃ……」

だがスロウスは素早く身体を反転させ、身をかわしたオリヴィエに再び突進していく。

「姉上――!!」

バランスを崩したオリヴィエの眼前に、スロウスの野牛のような肩が迫る。

「やっと……当たった」

※

無明の闇に、ガリガリと何かを削る音だけが響く。

――さっきまでは、コツコツだったのに。

セリムが壁に穴をあけようとしているのだろう。アルは音のするほうに向かって、無理だよと言った。

「父さんが子供の力でどうにかなる作りにしているとは思えない」

壁を削る音が止んだかと思うと、今度はガシャンと金属音がし、続いて何かが地面に落ちる音がした。

「君の頭です。引っかかってコケました」

外見に騙されているだけかも知れないが、しかしセリムはあるがままを素直に口にするところがある――アルはそんな印象を抱いた。

まるで非力な子供そのものだ。影は大きさも形も自在、光あるところならどこへでも入りこみ、物理的に干渉することもできる。ときに人を操り、ときに鋭利な刃となってあらゆるものを切断し――この子供があの恐ろしい人造人間なのかと、アルは心の中で首をかしげる。

「ボクたちを〈人柱〉と呼んで必要としているみたいだけど……」

人造人間とじっくり話をする機会などそうはないと思い、アルはかねてからの疑問をぶつけてみた。

「もしボクたちが自分の身かわいさに国外逃亡してたら、今回のお前たちの計画はおじゃんだ。ちょっと作戦がずさんじゃないのか？」

「だが君たちは、この国に残りました」

再びコツコツと音がはじまった。セリムが木の枝で鎧の頭を叩く音だ。

「自分だけが良ければこの国がどうなってもいいという考えはもたず、中央（ここ）に闘いに来ました。それが貴方たち人間なのです」

そう言ってセリムは一度、鎧を叩く手を止めた。

「われわれは君たち人間がもつ、その揺るぎない心を信用しています。そして、その心のより強い者を〈人柱〉として選出したまでのこと」

褒められているのか、なめられているのかわからず、アルはますます首をかしげる。

再び、コツコツと音が鳴り出した。

叩く部位やペースを変えているのだろう。打楽器を演奏するようなリズムがある。

――リズム？

アルはハッとして、音のするほうへと身を乗り出す。

子供の遊びと思い放っておいたが、何か一定のリズムが――規則性があるような――。

――もしかして。

「それって、何かの信号……!?」

突如、大きな音を立てて壁に穴が空き、闇を押しやるように陽の光が射しこむ。

衝撃でアルの足が吹き飛び、逆光に浮かぶ丸いシルエットが無邪気な声を張り上げた。

「プライド、みつけたーっ！」

「グラトニー、待ちくたびれましたよ……」

光を得たセリムの足元から、影がぞろりと這い出す。這いつくばった姿勢のアルには、影に貼りつくような無数の眼や、歯を剥き出しにした口がはっきりと見える。

「私も少々疲れました。次の行動に備えて、エネルギーの補給が必要ですね」

セリムが意味ありげにグラトニーを見た。

じっとりと湿った視線を向けられ、グラトニーは何かを察したのだろう。じりじりと後じさりする。

「……いやだよ、プライド……やだ……」

ぞぞぞと不吉な音を立て這い寄る影が突如、水でも含んだかのように膨張し、グラトニーのぼってりとした腹を貫く。

「いやだ……たべないで……」

切り分けられた上半身と下半身が、それぞれ別の方向へと吹き飛ばされていく。こぼれた臓腑を腹に詰め直そうとするかのように、グラトニーの両腕が宙をかいた。

「いたいよぅ……たすけて……ラスト……」

絶望の涙をこぼしながら、グラトニーが黒い影に呑みこまれていく。

食べ残された指や目玉はチリとなって風に散り、アルの目の前を流れていった。

――共食い……？

食らう側が、食われる側になる。その様をつぶさに見せつけられ、アルは言葉を失う。

「もう時間がありません」

呆然と地面に座りこむアルを残して、セリムは木々にまぎれるように姿を消した。

※

スカー、メイとともに地下道を行きながら、エドは小さな溜め息をついた。

少しだけ、ショックだったのだ。

父と弟が、自分に何の相談もなく危険な賭けに打って出たことが。

プライドを封じたアルの作戦も、それを後押ししたホーエンハイムの判断も、それがベストだと頭では理解している。今はそんな小さなことにこだわっている場合ではないということも。

幼いころに生き別れた父だ。なんとも思っていないのなら無視すればすむ。しかしそうすることができないのは——嫌でも意識してしまうのは、やはり親子だからだ。

グリードによれば、お父様の部屋に通じる地下道への入り口は数カ所あるという。

二手に分かれるにあたり、エドはスカー、メイと組むことになった。ホーエンハイムの提案だ。錬成力のバランスを考慮した、まっとうな判断だとエドは思う。

しかしメイはともかく、スカーと組むのは不本意だ——というより、嫌だ。ホーエンハイムに仕切られるのも腹が立つ。

なんでオレがスカーと!?　と憤慨するエドに、父は淡々と正論を口にした。

『あいつが錬金術封じの技を使ったとき、お前は無力だったけどスカーは使えたんだろ？』

事実である以上、エドはむぐっ！　と変なうなり声をあげるしかない。

『俺は規格外だから、ひとりで大丈夫だ』

家族を捨てた男のはずなのに、人間としての器も、錬金術師としての力も敵わない気がして――しかしそんなことをグズグズと引きずる自分のちっぽけさも嫌で――モヤモヤした気持ちを抱えたまま、エドは薄暗い地下道を進んでいく。

大きくカーブする通路をひたすら歩いていくと、大広間のような空間に行き着いた。

床に刻まれているのは、目にするのも嫌な錬成陣だ。

「なんなんだここは……ここにも賢者の石の錬成陣がある」

重くてとても開きそうにないそれを無理に押し開く。

扉の向こうの暗闇に眼をこらそうとした、そのとき。無数の白い腕がぬるりと伸びて、エドに掴みかかる。人間によく似た姿のそれは、赤子の泣き声に似た叫びをあげながら群れをなし、われ先にと扉に殺到する。

「何ですカ、この人たちハ！」

「またお前たちか！」

人形兵だ。

人の形をした容れ物に賢者の石を流しこむことで魂を定着させた――ハクロがラストと結託して生み出した、死を恐れぬ兵士。自我も理性も失い、もっとも原始的な欲求――食欲に従って行動する怪物。

ガチガチと歯を鳴らしながら首を突き出す人形兵に、エドは肘打ちを撃ちこむ。かたわらではスカーの破壊の右腕がその白い顔を鷲掴みにしている。だが人形兵は絶命するどころか、皮一枚で垂れ下がる首をブラブラと揺らしながら、なおも食欲を失うことなくスカーへと手を伸ばす。

メイは身軽に人形兵をかわしながら、その顎先に鋭い蹴りを入れている。だが小柄なだけに打撃が軽く、敵の頭を吹き飛ばすには至らない。

眉間のあたりに貼りついた単眼が、ぎょろりとエドを見る。

倒しても、倒しても。

「キリがねえ！」

そのとき、一条の錬成光が部屋を突き抜け、人形兵が一斉に炎に包まれる。

「手を貸した方がいいかね？　鋼の」

肉が焦げる臭いに似合わない、嫌味なほど涼やかな声。エドが振り向くと、ホークアイを後ろに従えたマスタングの姿があった。

「いつも、いいところでしゃしゃり出てきやがるな！」

「急所は頭だ！」

マスタングが指を弾くと宙に炎の河が走り、人形兵の白い身体から炭化した頭部がぼろぼろと崩れ落ちる。

「この程度で手こずっているようでは、まだまだ」

そのとき、あれぇ？　と背後から声がして、余裕を見せていたマスタングの顔が見る間に凍りついた。

エンヴィーだ。

エンヴィーはスカーの姿をみとめると、マスタングを指さしながら挑発的な笑みを浮かべる。

「いいのかい、スカー。こいつ、イシュヴァールで活躍した国家錬金術師だよ？」

エンヴィーはまさに〈嫉妬〉そのものが人の姿に化身したような存在だ。

人間の心の裂け目につけ入り、利用し、混乱させることを好む。もっとも恐ろしい人造人間がプライドならば、一番タチが悪いのはエンヴィーだと、エドは思っている。

人間同士の対立をあおり、自身は高みの見物を決めこむそのやり口に、エドは怒りをこめその名を呼ぶ。

「エンヴィー！」

※

本当に、俺の若いころにそっくりだ――と思いながら、ホーエンハイムは地下通路を進む。エドワードのことだ。

　頑張って、自信をつけて、鼻っ柱をへし折られて、また立ち上がって——そんなことを繰り返しながら泥臭く生きているところなどは、特に。

　何かにつけ反抗する気持ちも、よくわかる。ホーエンハイムが不在の間、エドは子供なりに父親代わりとしてエルリック家を支えようとしたのだろう。そこに〈今さら〉なタイミングで本当の父親が現れたのだから、エドが戸惑い、腹を立てるのも無理はない。

　家族に責任をもちたいと思うエドの気持ちも、痛いほどわかる。

〈フラスコの中の小人〉は、ホーエンハイムを『血を分けた家族』と呼んだ。

自身の血から生まれ出た分身。自身の中から生まれた禍。

ならば責任をもって、あるべき場所へと還さなくてはならない——だがその決意が、妻とふたりの息子たちを苦しめてしまった。

　通路を抜け、ものものしい扉を開く。

ひと筋の光が闇に射し、ホーエンハイムとまったく同じ後ろ姿がイスにゆったりと腰かけ、書物を開いているのが見えた。

「ひとりか……奴隷二十三号」

　そう言ったきり、〈フラスコの中の小人〉は黙りこんだ。

「感動の再会なのに、むっつりか」

小さなガラス瓶に留まっていたころは、ずいぶんとおしゃべりだったのに——ホーエンハイムは苦い笑みをこぼす。好奇心旺盛で皮肉屋で、少しばかり鼻もちならないところも含めてどこか愛嬌があった、あの小さな生命が。

「お前、つまらん奴になったなぁ。昔はもっと感情が豊かで面白い奴だったのに」

なぁ？　と呼びかけると、ホーエンハイムの似姿は大儀そうにイスからおり、こちらに向き直った。

「色欲、強欲、怠惰、暴食、嫉妬、憤怒、傲慢——。七つの感情を人造人間として切り離して、より人間から遠ざかっているぞ」

たしかに過ぎた欲は身を滅ぼす。しかしフラスコの中にいたころは、人間を含む世界の事象すべてに強い興味を示し、理解しようとつとめていたはずだ。

「私は人間になりたいわけではない……〈完全な存在〉になりたいのだ」

「ならばなぜ人造人間たちに〈父〉と呼ばせ、そばに置いた？　お前、本当は」

人並みに家族が欲しかったのではないか？

〈フラスコの中の小人〉の瞳がわずかに揺らぎ、互いの視線が絡まる。

だがそれも束の間、ホーエンハイムを拒むかのように〈フラスコの中の小人〉はゆっくりと眼を閉じ、床をどろりとした液体に錬成して身を沈めた。

——野郎……！

「まさか国土錬成陣発動まで引きこもる気か……？」

そのとき、脊椎に重い衝撃が走り、ホーエンハイムは思わず身をよじる。

「お前の中の五十万人分の賢者の石をもらい受ける」

半液状の地面から伸びた腕がホーエンハイムの背にめりこむ——が、〈フラスコの中の小人〉は、犬に噛まれでもしたかのように素早く手刀を引き抜いた。眉間を歪め、おのれの手を凝視している。

「やっと表情が変わったな」

「何をした……？」

指先から手の甲にかけ、赤い筋が浮かんでいる。

血管まで同じ形をしているのかと、ホーエンハイムは半ば呆れた。

「今、お前の中に侵入した魂たちはみな俺に協力してくれている」

「賢者の石が個々の意志をもって協力しているだと？　バカな、ただのエネルギー体だ」

「〈あり得ん〉と思うか……？　俺は、俺の中にいるクセルクセスの国民五十三万六千三百二十九人、全員の魂と対話を終えている」

無人のクセルクセスに留まるのが恐ろしくて、ホーエンハイムは祖国から逃げ出した。帰るところも行くあてもなく砂漠を彷徨い、シンの商隊に拾われ、アメストリスに流れ、そして現在に至るまで内に宿る魂たちと話を続け——ひとつのコミュニティーを作り上げた。

おそらく、〈フラスコの中の小人〉がしてこなかったことだ。

「俺たち全員の力で、その容れ物を壊させてもらうぞ」

ホーエンハイムの合図と同時に〈フラスコの中の小人〉の額が割れ、内から突き破るように真っ赤な突起が飛び出す。

「お……のれ……」

顔面から、口から、さらに無数の棘が表皮を破壊する。その鋭さに、ホーエンハイムはある日突然、人生を奪われた人々の怒りを見た気がした。

「お前が見下した者たちの思いを知れ！」

〈フラスコの中の小人〉の身体が大きくのけぞる。やったか——と思った、そのとき。

ぶよぶよとした、真っ黒なかたまりが口から這い出した。喉を通り唇を裂き、黒いかたまりが外に現れるにつれ、〈容れ物〉は空気を抜かれた風船のようにしぼんでいく。黒いかたまりはやがて人のような形をなし、口らしき開口部が抜け殻と化した〈容れ物〉をずるりと吸いこんだ。

「見下しているのはそちらの方ではないのか、ホーエンハイム」

人間の影がそのまま立ち上がったような姿に、ホーエンハイムは慄然(りつぜん)と立ちすくむ。

真っ黒な身体に宿った無数の眼がホーエンハイムを見つめ、白い歯を備えた口元がにたりと嗤（わら）った。

「進歩しているのが自分たちだけだと思うなよ！」

※

焼き尽くしたはずだった。

左足に刻まれた、ウロボロスの紋さえ見えなくなるほどに。

端整な口元に悪辣な笑みを浮かべ、エンヴィーがマスタングの前に再び姿を見せた。

「あれぇ？　スカーが、なんで大佐とお手てつないで張り切ってんだよ」

そうだなと短く答えるスカーに、エンヴィーは不満げに鼻を鳴らした。

「なれ合い？　つまんないなあ！」

「お前、生きていたのか……」

「そうだよ。このエンヴィーは、ヒューズ殺しのにっくき敵（かたき）だよな」

第五研究所での戦いで、仕留めそこなったらしい。

それはそれで構わないと、マスタングは思う。

何度でも、何度でも焼けばいいのだ。

徹底的に、無慈悲に、一握の灰も一片の骨も、存在した痕跡さえ残さぬほどに。

「いいね、その表情！　人間らしくそうやって憎しみ合わないと面白くない！」

エンヴィーの肉と骨がきしむような音を立て、六本の足をもつ巨大な異形に変貌する。鋭い爪が並ぶ前足が床を踏みしめ、振動でマスタングの靴底を震わせた。

「この身体、なかなか手加減がきかないからさぁ！　どうなっても知らないよ!?」

威嚇のつもりだろうか。過ぎた嫉妬は人だけでなく人造人間も愚かにすると、マスタングの口元に昏(くら)い笑みが貼りつく。

的が大きくなったぶん、当たりやすくなるというのに。

広範囲に炎が回るぶん、苦痛が増すというのに。

「もうしゃべらなくていいぞ、エンヴィー。まずその舌の根から焼き尽くしてやろう」

美しい友情だねぇと、エンヴィーが口を開いた刹那。

口内に飛びこんだ炎のかたまりが歯を焦がし、舌を焼く。粘膜が焼けただれる壮絶な痛みに、エンヴィーが苦悶の叫びをあげる。

「次は目だ！」

間髪を容れずに繰り出される小さな火球が、悪意をたたえた黒い瞳を正確に射抜く。じゅう、と音がして眼窩(がんか)から細い煙が上がった。

「眼球内の水分が沸騰する気分はどうだ？　想像を絶する痛さだろう？」

傷が再生しかけたタイミングを狙い、今度は炎の壁を錬成して全身を焼く。高温でタンパク質が収縮し、山脈のような背骨があり得ない角度に屈曲した。

逆巻く火炎が周囲の大気を乱し、熱波がマスタングの髪を揺らす。

「立て、化け物。そしてさっさと再生しろ」

火傷まみれの身体を捨てるかのように、エンヴィーが元の人間の姿に戻った。

炭化した皮をぽろぽろとこぼしながら、炎をまとったままのエンヴィーがマスタングに突進する。焔の錬金術は近接戦には向かないと踏んでの反撃だろう——が。

マスタングは火力を思うがまま制御できる。人造人間が仕組んだ、イシュヴァール殲滅戦を経て。

じゅっ、と音がして、今度は両の目から煙が上がる。

「死ぬまでこの苦しみを繰り返してやる」

「クソ人間が！　見下してんじゃ……」

追い打ちをかけるように、さらにマスタングが指を弾く。みずから蒔いた火種で焼かれろとばかりに。

「が……は……あが……」

エンヴィーが跪くような恰好で崩れ落ちた。

長い髪は熱で縮れ、引き締まった四肢も黒く炭化して千切れかけている。焼き潰された胸からは肋が露出し、口からは焦げ臭い煙を吐いている。

焼けただれた身体から小さな、虫けらのようなものが飛び出した。体内の賢者の石を、ほぼ使い果たしたのだ。

「それが貴様の本体か……」

身をよじるエンヴィーを軍靴で踏みつけにすると、足元からギャッと悲鳴があがった。

「エンヴィーとは〈嫉妬〉という意味か。なるほど、嫉妬は醜いな」

「いやだ、やめて……助けて……」

「じっくり焼き殺してやる……」

マスタングが指を弾こうとした、そのとき。

「そこまでです、大佐」

後方から、撃鉄を起こす音が聞こえた。

※

そのときが来てしまった——。

ホークアイは銃を握る手に力をこめる。

マスタングが正道を歩んでいるか。背中を任されることは、その監視と審判をゆだねられているということだ。

生きたまま火葬されるようなエンヴィーの絶叫が、広大な広間に絶え間なくこだましている。

大きく見開いたエドの瞳に、マスタングが放つ炎の色が映るのが見えた。国家錬金術師とはいえ、戦場を知らない彼には決して見せたくなかった光景だと、ホークアイは唇を噛む。

勝敗は問題ではない。

勝ち負けでいうなら、エンヴィーはマスタングの敵ではない。

ただ、今止めなければ取り返しのつかないことになる――限りなく確信に近い予感が走り、ホークアイは上官の背に銃を向けた。

「何のマネだ、中尉？」

「そこまでです、大佐。あとは私が片づけます」

「あとたったひと焼きだ。銃をどけろ」

「承服できません！」

人々が従うべきは、為政者ではなく法であること。それが平和国家の基本理念だ。ならばそんな国を目指す者が、おのれの私怨を晴らすためだけに手を汚すなど決してあってはならない。上に立つ者が道を誤ればその下が、全体が歪むのだ。

イシュヴァール殲滅戦のあと再び軍服に袖を通した日のことを、ホークアイは昨日のことのように覚えている。

『私が道を踏み外したら、その手で私を撃ち殺せ。君にはその資格がある』

生涯そんな日は来ないかも知れない、しかしいつか来るかもしれないその日のために、ホークアイは〈覚悟とは何か〉を自身に問い続けてきた。

決断するのは私、信じるのは私、引き金を引くのも私。

覚悟とは何か行動を起こすとき、そこに〈私〉がいることを自覚することだと、長らく自分に言い聞かせてきた——はずなのに。

手が震える、呼吸が乱れる。それでも、引き金から指をはなさない。

ふざけるな！と、マスタングがひときわ大きな声をあげる。

「どけろと言っている！」

そのとき、錬成光とともに床が盛り上がり、マスタングの足を払い飛ばした。宙に投げられたエンヴィーは、弧を描いてエドの右手におさまる。

「鋼の……そいつをよこせ」

「断る！」

「……もう一度言う。そいつをよこせ、鋼の！　さもないとその右手ごと焼くぞ!!」

「上等だゴラァ！」

エドが負けじと大声を張り上げる。

「ガチで勝負してやるよ！　でもなぁ、その前にてめえのツラをよく見やがれ！　そんなツラでこの国のトップに立つつもりか！」

振り絞るような声で、エドが叫ぶ。

「大佐の目指しているのはそんなんじゃないだろ！」

エドの言葉を継ぐように、今度はスカーが口を開いた。

「他人の復讐を止める資格は、己れにはない……ただ」

スカーは腕を組んだまま、赤い瞳でマスタングを見る。

「畜生の道に堕ちた者が人の皮を被り、どんな世を成すのか見ものだな」

エドとスカーも、マスタングに対し同じ危惧を抱いている——その事実が、ホークアイの覚悟を後押しする。

「大佐には殺させません」

「こいつはヒューズを殺したんだぞ！」

「わかっています！」

でも——。

「今の貴方は国のためでも仲間を助けるためでもない！　憎しみを晴らす、ただそれだけの行為に蝕まれている！　大佐……貴方はそちらに堕ちてはいけない……！」

撃ちたければ撃てばいいと、マスタングが静かに言った。

氷の針を刺されたように、ホークアイの指先が冷える。

ともに汗を流してきた仲間たちも、ヒューズとの約束さえも置き去りにして、スカーの言う『畜生の道』に堕ちるというのか。背中を託されながら引き止めることができない無力さに打ちひしがれながら、それでもホークアイの指は引き金にかかったままだ。

「だが私を撃ち殺したその後、君はどうする？」

背を向けたまま、マスタングが言う。

撃つまでには、迷いも逡巡もある。しかし撃ったあとの覚悟であれば、とうの昔に決まっている。

「狂気を生み出す〈焔の錬金術〉をこの身体もろとも、この世から消し去ります」

マスタングが何かを握りつぶすように拳に力をこめ、指を弾いた。

手元で散った火花が爆炎となって壁を焦がす。

それは困る、とマスタングはうつむいた。

「……なんだろうな……この状況は。若い者に怒られ、私を敵と狙っていた男にさとされ、君にこんなマネをさせてしまった……」

私は大馬鹿者だと言って、マスタングはようやく振り返った。

「銃をおろしてくれ中尉……すまなかった」

※

ここがマスタングの〈瀬戸際〉なのだと、エドは直感した。

堪えるか屈するか、逃げるか戦うか、留まるか踏み越えるか。その後の人生を大きく変えてしまう境界上に、マスタングは立っている。

命のありかたを深く考えることなく、人体錬成に走った幼き日のエドとアル。

一度は銃を手にしながら、スカーを撃たなかったウィンリィ。

エルリック兄弟は踏み越え、ウィンリィは堪えた。

そしてホークアイもまた、撃つか撃つまいかの瀬戸際にいる。上官に銃を向けるその姿を、エドは固唾を呑んで見守った。

「狂気を生み出す〈焔の錬金術〉をこの身体もろとも、この世から消し去ります」

ホークアイのひと言で、悪鬼のようだったマスタングの顔から険が消える。ひどく疲れたようにどっかりと床に座りこみ、そして脱力した。

「バッカじゃないの、きれいごと並べてさ」

エドの手の中から、エンヴィーが心底いまいましそうに言った。

「あんたらニンゲンはそんなご大層なものかよ！　本能のままに、やりたいようにやっちやえよ！」

マスタング大佐！

「スカーはあんたの命を狙ってたんだぞ！」

なあ、おチビさん！

「あんたの幼なじみの両親を殺したのもスカーだよなあ!?」

ホークアイ中尉！

「人造人間が仕組んだイシュヴァール戦！　おかげでいっぱい人殺しができただろ！」

エンヴィーは得意げに高笑いした。

「豪華な面子だ！　憎んで泣いて、殺し殺されて、のたうち回れよ！　地を這いつくばれよ！」

それぞれの罪や心の傷を暴き、憎しみを煽り立てる言葉の羅列。エドたちはただ押し黙り、沈黙をもってその答えを示した。

「……んでだ……」

手の中のちっぽけな生き物がぶるぶる震えているのが、鋼の義肢にも感じられた。

「なんでだ！　なんでだ！　ちくしょおおおおお!!」

——ああ、そうか。

血を吐くようなエンヴィーの叫びに、エドは唐突に理解した。

「お前、人間に嫉妬してるんだ」

ふいに、エンヴィーの震えが止まった。

「お前ら人造人間よりずっと弱い存在のはずなのに、叩かれてもへこたれても、道を外れても――何度でも立ち向かう。周りが立ち上がらせてくれる……そんな人間が、お前はうらやましいんだ」

ずっと不思議に思っていた。人造人間は〈名は体を表す〉存在であり、どうやら名前通りの生きかたしかできないらしい。グラトニーはひたすら貪り食い、グリードはすべてを欲しがる。ならば、エンヴィーはいったい何に嫉妬しているのだろう、と。

人造人間と比べれば人間はずいぶんと貧弱だ。

不死に近い肉体も、特別な力ももたない。

しかし人間は、生まれもった性とうまく付き合うことができる。〈瀬戸際〉を乗り越える底力も秘めている。周りがそうさせてくれる。

エドの手から逃れようと、エンヴィーが激しく身じろぎをした。思いのほか力が強い。

「あ……こら！　無理に抜けたら……！」

添えられたエドの左手に噛みつくと、エンヴィーはぺしゃりと音を立てて床に落ちた。

「屈辱だよ……こんなボロぞーきんみたいになって……」

もぞもぞと床を這いながら、それでもエンヴィーはへへ……と笑ってみせた。笑いながら、とめどなく涙を流している。

「あんたらニンゲンに……クソみたいな……こんなガキに理解されるなんて……」

六本の手を喉の奥に突っこみ、ずるりと深紅のかたまりを取り出した。かろうじてその命を支えている、小指の先ほどもない賢者の石。

「屈辱の極みだ……！」

エンヴィーが力をこめると、それは水風船のようにいとも簡単に破裂し、真っ赤な飛沫を撒き散らす。

バイバイ……エドワード・エルリック。

おチビさん――とは言わなかった。かすかな声を残してチリに還っていくエンヴィーを、エドは無言で見送る。

「自死か……卑怯者め」

マスタングが手で顔を覆った、そのとき。

頭上から、ぞる……と嫌な音がした。

第八章　王の帰還

最速の人造人間（ホムンクルス）、スロウスはスピードに振り回されることなく、重量級の肉体をほぼ完璧に制御している。力仕事と肉弾戦のためだけに生まれたようなこの人造人間が、〈怠惰〉の名を冠するとは――しかしその皮肉を嗤う余裕は、今のオリヴィエにはない。

スロウスのタックルをかわし損ねたオリヴィエは、したたかに背を打ちつけた。傷だらけで、もはやどこが痛むのかさえわからない。

これまでかと思ったそのとき、隆々たる広背筋がオリヴィエの視界をふさぐ。

「アレックス！」

限界まで膨張した筋肉をこまかく震わせ、足を突っ張りながら、スロウスの突進を押し止める弟の後ろ姿が、そこにあった。

「姉上、今のうちに!!」

アレックスに押し返されると、スロウスは気を取り直したように肩を突き出し、再び姉弟へと向かう気配を見せる。

次の攻撃に備え、オリヴィエがきしむ身体を起こしたとき――突如、視界からスロウスが消失した。

見上げると、四角い肉のかたまりが天井近くを飛んでいる。気持ち良いほど高く舞い上がったそれが、弧を描いて床に落ちるまでの軌跡をアームストロング姉弟は唖然と見守った。

いつの間にか、ドレッドヘアを長く垂らした女がたたずんでいる。

「助っ人に来たよ」

あっけらかんと言う女の顔を、オリヴィエはまじまじと見つめた。

「さあ、手伝ってちょうだい。あいつを仕留めるよ！」

女が再びスロウスを投げ上げると、ちょうど落下地点のあたりに、アレックスに負けない立派な体躯の男が待ち構えている。

「あんた、行ったよ」

男があいよと応じて脳天に拳を突き入れると、スロウスはきりもみしながら壁に激突した。

「お……おぬしは……！」

アレックスが立ち上がり、男と見つめ合う。オリヴィエには理解できない言語で会話しているのだろう。ふらついていた足取りには力がこもり、疲弊し切った筋肉がみるみる色艶を取り戻していく。

「勇気百倍!!」

女が投げ、オリヴィエが突き、男が殴り飛ばして、そしてアレックスが錬成した巨大な突起が人造人間の左胸を刺し貫く。スロウスが、あ……と声をあげると同時に手首がぽとりと落ち、身体の末端から崩壊がはじまる。

「俺……死ぬの？　死ぬ？　死ぬ……ってなんだ？」

心臓に刺さったそれを抜こうと何度か身をよじるが、やがて起き上がるのも億劫だとばかりにくたりと弛緩した。

「……まあいいか。生きてんのも……めんどく……せ……」

スロウスは大の字に転がり、満足そうに微笑むと、さらさらとしたチリとなり消えていった。これで思う存分、怠けられるとばかりに。

どこのどなたか存ぜぬが……と、オリヴィエは女に声をかけた。

「さぞや名のある格闘家とお見受けする」

「私？　いえいえ、主婦で錬金術師！　あなたも知ってるでしょ、エルリック兄弟って。あれの身内みたいなものよ」

「もしや、あなたがイズミ・カーティスか！」

エドの頼みを引き受け、イズミは〈約束の日〉に関する情報をブリッグズ砦に届けた。その際にオリヴィエが中央司令部にいることを知り、こちらに加勢しようと決めたのだという。

オリヴィエが礼を述べると、イズミは頭をかきながらバツが悪そうに笑った。

「……ははは。これはご迷惑をおかけしたお詫びです」

感謝する理由ならあるが、謝罪されるいわれはない。なんのことかわからず、オリヴィエは首をかしげた。

失血による軽いめまいと、激しい疲労と、少しの安堵で足の力が抜ける。オリヴィエはその場に座りこみ、広場で戦っている部下たちを思った。

ブリッグズ兵による中央司令部への総攻撃がはじまり、数時間が経つ。オリヴィエの生家である広大な屋敷に潜伏し、今日この日のために牙を研ぎ、そして今ごろは中央兵の喉笛に食らいついているだろう。

「姉上、バッカニア大尉からです」

軍服の袖で口元の血を拭い、オリヴィエは差し出された通信兵用の受話器をとった。バッカニアのダミ声を聞くのは、ずいぶんしばらくぶりのような気もする。

『中央司令部の九割が我々の手に落ちました』

——我々の勝利です！

戦勝の知らせに、オリヴィエは強く拳を握った。

※

『よくやった、バッカニア』

受話器の向こうから敬愛する——畏敬といったほうがいいかも知れない——ボスの声が

響く。

短いねぎらいだが、なにせ心臓まで氷でできている女王のことだ。最上級の誉め言葉と捉えていいだろう。

数時間前、バッカニア率いるブリッグズ兵はハボックらマスタング隊と合流を果たした。彼らが中央司令部のゲートを爆破すると同時に、ブリッグズ兵がせきを切ったように広場に乱入する。

司令部中枢の掌握にはオリヴィエがあたっている。イズミ・カーティスも助太刀に加わるというから心強い。

そしてバッカニア隊の任務はひとつ——正面から中央軍を叩き潰すことだ。

この日のため広大なアームストロング邸に引きこもり、コツコツ戦車を組み立てた甲斐があると、バッカニアはどじょうヒゲの下の唇を吊り上げた。中央軍は最初からブリッグズの物資、兵力をなめてかかっているだろう。まさか戦車までもって来るとは思ってもいないはずだ。

地形の影響を受けない走破性と突破力をもつ戦車隊は、ブリッグズ砦の自慢だ。正門から数発食らわせただけで、外部の脅威にさらされたことがない中央兵の士気が大きく下がった。

ほどなくして、通信兵から敵の作戦本部が陥落したとの連絡が入った。東西南北の各門を押さえ、兵器庫の制圧も完了——続々と吉報が入る。大総統なき中央司令部は、ひどく脆い。

作戦の立案には、ファルマンの抜群の記憶力が大いに役立った。複雑な軍施設の間取りを正確に覚えているというのだから、地味だがこの戦いの隠れた殊勲だとバッカニアは思う。

『われわれの勝ちです——！』

バッカニアがブリッグズ兵を代表し、ボスに勝利を捧げた——そのとき。

司令部内放送を通じ、聞き覚えのある声が広場中にこだました。

『ただいま、諸君』

——キング・ブラッドレイ。

「くそっ……生きていやがった！」

数千数万の敵にもひるまぬブリッグズ兵に、電流のような緊張が走る。たったひとりの男の出現が圧倒的優勢にあるブリッグズ兵を揺さぶり、弱った中央兵に起死回生の活力を与える。

カリスマ性ある指揮官の存在が戦況をひっくり返す恐さを、バッカニアは身に染みて知っている——自身が有能なボスを戴いているだけに。

『これより私みずから指揮を執り、反逆者を排除する。手の空いている中央兵は手伝いたまえ』

――どこだ……どこにいる!?

「正面だ」

バッカニアが振り返ると、正門スロープの下に仁王立ちになっている男の姿が見えた。

「私の城に入るのに、裏口から入らねばならぬ理由があるのかね?」

「戦車隊、下がれ!」

バッカニアの指示に従い、戦車隊は後退しながらもブラッドレイ目がけて砲弾の嵐を浴びせる。ブラッドレイは無駄のない動きですべての弾をかわすと、最短距離で先頭の戦車に接近し、潜望用のフロントスリットから剣を突き入れた。操縦手を葬り去ると、後退を続ける無限軌道を切断して機動力を封じ、爆弾を投げ入れ完全に沈黙させる。

「バカな! 戦車をたったひとりで……!」

火炎を突き抜け、なおもスロープを登り来るブラッドレイをバッカニアが迎え撃つ。

クロコダイルの顎(あぎと)を鮮やかにかわすと、ブラッドレイの一振りがバッカニアの腹を裂く。

激痛に耐えながらバッカニアが再び機械鎧(オートメイル)を振りかぶると、ブラッドレイが返す刀で肩を斬り落とした。

血の海に沈んだバッカニアを踏み越え、ブラッドレイは居並ぶブリッグズ兵に命じた。

「どうした、主が帰ったのだぞ」

――門を開けたまえ。

※

血だまりから立ち上がると、男は機械鎧から外れたチェーンを生身の拳に巻きつけた。

「どうしたブラッドレイ！　俺はまだ戦えるぞ！」

傷ついた身体を押し、〈最強の眼〉をもつ人造人間を向こうに回して、それでも臨戦態勢を崩さない男の姿を、グリードは正門の上から見下ろした。

バッカニアといったか。

男の意地など知らない。まして激情にまかせて吠えたところで、なんの得にもなりはしない。

――だけど。

「なんでかねぇ。見捨てる気持ちにはなれねぇんだよな。そういうの！」

先代グリードの記憶なのか、新たな身体の持ち主であるリン・ヤオの影響なのか。あるいは両方かも知れないと、グリードは思う。

金も欲しい、女も欲しい、地位も名誉も——この世のすべてが欲しい。

自身の中にわずかに残った先代の記憶は、欲するものを求めてやまない渇きと、手に入れたものが傷つけられた激しい怒りだ。

一度洗い落とされてなお残る記憶は、魂に染みついているものだからすすいで落とすことなんかできないと、リンにそう言われたことがある。しかしなぜ魂に染みつくほどの怒りを覚えたのか、その理由がどうにも思い出せない。ただ人間が誰かのために怒ったり戦ったりするのは——そういうのは決して嫌いではない。

「グリード、邪魔立てするなら容赦しないぞ」

「俺は強欲だからね。お前の命も欲しいんだよ、ラース！」

リンはシンの皇帝になるために賢者の石を受け入れたという。しかしグリードに言わせれば欲望のスケールが小さい。この世のすべてを手に入れるなら、アメストリスのトップであるブラッドレイの命も欲しい。

門から飛び降り、ブラッドレイの行く手をふさぐように立つ。

「列車事故で死んだって、街中のウワサになってたぜ。どうやって生き残った？」

グリードの問いに、ブラッドレイは眼が良すぎるのでなと答えた。

「瓦礫の中のどこをどう走れば逃げられるか、一瞬で判断できるのだよ。……しかし、やはり歳だな」

ブラッドレイは首を軽く振って骨を鳴らした。

「昔ほど身体がついてこんわ」

ピークを過ぎてなおこの身体能力かと、グリードは心の内で嫌な汗をかきながら腕を硬化させせた。体内の炭素を操ることで表皮を硬化させる能力――〈最強の盾〉だ。

絶え間なく繰り出される剣撃を皮一枚でかわしながら、グリードは眼帯でふさがれた左目側に回りこむ。

黒光りする鈎爪と銀の刃が交わり、ギリギリと音を立てながら火花を散らす。

「また私の死角に入るか」

「へへ……中の〈相棒〉にお前との戦いかたを教えてもらったんでね」

そうかねと、部下の発言に相槌でも打つかのような調子でブラッドレイが言った。

「ならばこうだ」

瞬間、眼帯を外したブラッドレイの顔が、ウロボロスの紋がはっきり見えるほどの距離に迫る。至近から襲い来る刃を炭素硬化した腕でしのぐも、重い一撃の連続にグリードが押し負ける。

「おわたっ……たっ」

体勢を立て直す間もなく飛んできた蹴りを、グリードはぼろぼろになったコートの裾をひるがえし、かろうじて逃れる。負ける気はしない――が、形勢は決して有利ともいえない。腕の痺れを堪えながら上段からの一撃をしのいだ、そのとき。

黒い疾風が凄まじい勢いでスロープを駆け上がってくるのが見えた。ブラッドレイが振り向きざまに斬りつけると、剣先に見覚えのある黒装束が引っ掛かっている。人影は回転刃のようにブラッドレイに斬りかかると、野生動物を思わせる俊敏さで音もなく着地した。

フーだ。

「おぉー。やるな、じいさん」

「ふン……今はグリードなのだナ。若の身体で気色悪い気を放ちおっテ……」

フーはグリードを一瞥すると、いまいましそうに鼻を鳴らした。

「――で。貴様とわしの腕前をもってしても、傷ひとつ付けられんこいつは何者ダ？」

「キング・ブラッドレイだよ」

そうカ――と、フーは目尻にしわを寄せ、ひりつくような気配を発散しながら短刀を構える。

「こいつが、我が孫娘の腕を千切りよった男カ！」

刃が交叉する音と、ブリッグズ兵による援護射撃の音が勇壮な調べを奏で、グリードの血を熱くする。グリードとフーの攻撃を左右それぞれの腕でいなしながら、ブラッドレイはグリードの足首を極めると、そのままフーもろとも投げ飛ばす。

フーの刀身が背中に当たり、グリードはあがっ!?　とうめき声をあげた。

「あぶねーな、じいさん！」

「わざとではありま……ないわイ！」

ブラッドレイは喧嘩をはじめそうなふたりの間に滑りこむと、グリードを足蹴にしつつ、フーの得物を剣で巻き上げる。続けざまの一閃でフーの額当てが真っ二つに裂け、額が割れた。目に入った血で視界を奪われたのか、フーの動きが一瞬だけ鈍くなる。

「じいさ──！」

グリードが叫ぶより早く、決定的な一撃がフーの背を裂く。

小柄な身体が木の葉のように舞い上がって、力なく地に落ちた。

※

「フー！」

リンはぐったりと動かない臣下を抱きかかえた。

勝手に出てくんな！　と抗議の声をあげるグリードを無視し、リンは視線だけでブラッドレイをけん制する。

「シンの皇子か──。前にあの女の腕を斬り落としたときと同じだな。またそうして、捨てられないもののために己の命を危険にさらす。そんな柔では王にはなれんぞ」

若……と、フーが力なくうめいた。

「こんな老いぼれなど捨てなされ」

「バカを言うな！　俺にキング・ブラッドレイと同じになれと言うのか!?　あいつは自分の国の民をも見捨てようとしている」

――あれは。

「あれは俺の目指しているものとは違う！」

「王にあるまじき男……ですか、それは倒さねばなりませんな……」

フーが言うや、リンの延髄に重たい衝撃が走る。息を詰まらせたリンの身体を、フーが押すようにして振りほどく。

「硬化しろグリード！　若の身体を守レ！」

リンの指先が猛禽のように変化し、炭素硬化特有の底光りする黒が肩へと駆け上がる。身体が地に縫いつけられたように重くなり、動けない。

「若、王になりなされよ……」

――何を考えている？

「この老いぼれはここで、永遠のいとま……頂戴いたす！」

開いた服の合わせから、爆薬が括りつけられているのが見えた。フーは素早くピンを抜くと、ブラッドレイへと突進していく。

「フー！」

「地獄へ付き合ってもらうゾ！　ブラッドレイ！」

ブラッドレイが水平に剣を薙ぐ。

斬り落とされた導火線がきれいに刀身に並び、フーの腹から大量の血が噴き出す。

ブラッドレイに覆いかぶさるように、フーの身体が崩れた――そのとき。

「たとえ神のごとき目を持っていようとも、見えないところからの攻撃は防げまい！」

バッカニアだ。

急勾配のスロープに真っ赤な血の痕を引きながら、背後から体当たりをするようにフーもろともブラッドレイを串刺しにする。

「じいさん、地獄への道行き……付き合ってやるぜ！」

「おォ……かたじけなイ……」

ブラッドレイがふたりを蹴り倒し、腹に刺さった剣を引き抜く。

「うおおおおおお！」

リンの拳が〈最強の眼〉を陵駕し、ブラッドレイの左目をかすめる。

理性や道理では抑えきれない、わけのわからない衝動がリンとグリードを突き動かす。

自分がリン・ヤオなのかグリードなのか、そんなことはもはやどうでもよくなっている。

ただ、大切なものを奪われた痛みと怒りが溶鉱炉のようにふたつの魂を溶かし合わせ、どうしようもない熱を生んでブラッドレイへと向かわせる。

ブラッドレイは突き出されたリン――グリードの腕を取ると肘関節を固め、そのまま自身もろとも堀へと投げ落とした。

壁のふちに鈎爪を引っかけ、落下をまぬかれたリンの腕をブラッドレイが掴み、堀に引きこもうと力をこめる。

「貴様……！」

今にも落ちそうなリンの腕を、左の義手が掴んだ。壁のふちから仮面に覆われた顔がのぞく。

――ランファン。

「バカ野郎！　こっちは放っておけ！」

「若ヲ……お守りするのがわれらの仕事ッ……」

「義手でこの重さを支えるのは無理だ！　お前はじいさんの心配を……！」

リンの頬に、ぽたりと水滴が落ちてくる。

仮面が――泣いている。

「もウ……間に合わなイ……」

涙声を殺し、ランファンが気丈に叫ぶ。

「ブリッグズ兵！　手を貸セ！」

壁のふちからライフルの銃口が現れ、ブラッドレイに狙いをつける。弾は腹に命中し、ブラッドレイは水音を立て堀の底へと沈んでいった。

壁を這い上がると、力尽きたフーの姿が見えた。

いとまなど出した覚えはない。皇帝の座につくまで——ついてからも——フーにはまだ働いてもらわなければ困る。

心の裂け目から湧いてくる感情に、リンは思わず胸を押さえる。

ここに不老不死になれるものが——賢者の石があるというのに——。

第九章　人柱

力なく座りこんだマスタングの頭上に、エドはうごめくものを見た。

ズルズルと神経にさわる音を立てながら、天井に巡らされたパイプの隙間を縫うようにして、どす黒いものが垂れてくる。

「セリム！」

床に落ちた影が漆黒の錬成陣を描き、その上にセリムが降り立つと、電撃のような錬成光が通路沿いに走り抜ける。

――まさか。

「地下通路は正円を描いて……！」

「貴方たち人柱のみなさんに、ようやく役立ってもらうときが来ました」

錬成陣から閃光と稲光が走り、エドの足元に巨大な眼が出現する。

真理の扉だ。

無数の黒い触手がうねり、腹を空かせた蛸のようにエドを捕らえると、煮えたぎるエネルギーの渦へと引きずりこんでいく。

「鋼の！」

冴え冴えとした白い光がエドの視界を覆い、こちらに手を伸ばすマスタングの姿が見えなくなる。何度経験しても慣れることのない、身体が分解される独特の感覚に耐えていると、ふいに目の前がほの暗くなった。

「ぐぇっ！」

放り出された勢いで壁に激突し、痛む頭をさすりながらあたりを見回す。

見覚えのある部屋だ。

数えきれないほどの歯車がエドを取り囲むように並び、低いうなりをあげている。まるで巨大な時計の中に閉じこめられたかのような――ここは。

あでで……と声がしてそちらを見ると、薄暗がりの中に白い服の、見慣れた人影が倒れている。

「師匠（せんせい）！」

イズミを助け起こすと、今度は背後で金属のかたまりが落ちる派手な音がした。

「アル！」

転がるように駆け寄ると、アルもわけがわからないというふうに頭を振る。

「しっかりしろ！」

弟の身体を支えるエドのもとに、ゆったりと歩み寄ってくる者があった。

「まだひとり足りんな……」

――なんだ、こいつは。

身体中が目玉まみれの異形がたたずんでいる。

影が人の形をなして立体の世界を闊歩しているかのようなそれは、動くたびに体表がタプリと揺らいだり、水のように流動したりする。しっかりとした輪郭をもちながら、液体でも固体でもない。

何よりエドを唖然とさせたのは、黒い身体のあちこちから飛び出した人間の四肢と、腹のあたりに浮かぶ人間の顔だった。

「ホーエンハイム!?」

「父さん!」

中途半端に取りこまれたホーエンハイムが、仰向けの体勢で眉を下げた。

「こんな情けない姿ですまない……」

「ホーエンハイムの中の賢者の石を吸収してやろうと思ったのだが、うまくいかなくてな。とりあえずこうして大人しくしてもらっている」

よく見ると、のっぺりした質感の顔面に口らしき裂け目が走っている。

「つーか……この黒いのはなんなんだ?」

「人造人間(ホムンクルス)に〈お父様〉と呼ばれていた奴だ」

「はっ!? あのヒゲ!?」

さあ——とお父様が両腕を広げる。観客の拍手に応える舞台俳優のような、芝居がかった仕草で。

「歓迎するぞ、人柱諸君!」

※

幾千のマグネシウムを同時に焚いたかのような閃光に、エドワード・エルリックの姿がかき消えた。

〈人柱〉を一カ所に集めるため、お父様のもとに――儀式がおこなわれる場所に転送されたのだろう。ならばアルフォンスやイズミ・カーティスの身にも同じことが起こっているに違いないと、マスタングは思考をめぐらせる。

セリム・ブラッドレイに付き従うように、影が黒々としてその足元にわだかまっている。だが本体は影のほうだ。セリムが人造人間〈プライド〉であることはマスタングの耳にも入っていたが、あどけない少年の姿をしているだけに、かえっておぞましさが増す。

「もう時間がない。マスタング大佐、ちょっと人体錬成をして扉を開けてもらえませんか」

「なんだと？」

使い走りを頼むような気軽さで人体錬成を語るセリムに、マスタングの背に冷たいものが走る。彼らにとって人間の命などその程度のものにすぎないのだと、改めて思い知らされる。

「人柱がひとり足りません。錬成するのは誰でもいいですよ、亡くなった親とか、恋人、友人……たとえば」

ヒューズ准将とか？

「断る！」

かつてキング・ブラッドレイに言われた『利用価値』とはこのことかと、マスタングはようやく腑に落ちた。人体錬成をおこなうことで〈真理の扉〉なるものを開き、そこから生還できた者が〈人柱〉の資質あり――と見なされるのだろう。

利用されるなど我慢ならんとばかりに、マスタングはセリムをにらみつけた。

まして親友の名を出されては、ますます人体錬成などおこなうわけにはいかない。これから先どれほど生きるかはわからないが、いずれ行くあの世でヒューズにどやしつけられるようなことはしたくない。

ふと――。

背後からひりつくような気配が近づくのを感じた。振り返ると、白いシャツを鮮血で染めたブラッドレイがたたずんでいる。

エンヴィーが向かったはずだが――と言って、ブラッドレイはマスタングを見た。

「奴はヒューズ准将の敵だったな。君が殺したのかね？」

マスタングは首を横に振り、その眼をまっすぐに見つめ返した。

「今の私には止めてくれる者や、正しい道を示してくれる者がいます」

人に恵まれたと、心から思う。おかげで友と語り合った理想を憎悪の炎で焼き尽くさずに済んだ。マスタングが創る〈美しい未来〉を楽しみにしていたのは、誰よりマース・ヒューズその人だったのだから。

赤い糸のように筋を引いて落ちる血を拭おうともせず、ブラッドレイが口を開いた。

「いつまでも学ぶことを知らん哀れな生き物かと思えば、君たちのように短期間で学び変化する者もいる……まったく人間というやつは」

思い通りにならなくて腹が立つ。

そう言って憤怒の人造人間は淡く微笑んだ。

「君にその気がなくてもかまわん。強制的に扉を開けさせてもらう」

マスタングが戦闘態勢に入るより早く、ブラッドレイが間合いを詰める。撃ち出した炎はミリ単位の動きで見切られ、次の瞬間には仰向けに引き倒されていた。両の手のひらを剣で貫かれ、昆虫標本のように床に縫い留められる。

「大佐！」

銃を構えたホークアイをセリムの影が薙ぎ倒す。スカーとメイも硬化した影に威嚇され、マスタングに近づくことができない。

漆黒の影がぬるぬると床を這い、仰向けに転がされたマスタングの周りを幾度か巡って人体錬成の陣を描きだす。

「固定しました。どいていなさい、ラース」

これで五人目と言って、ブラッドレイが床から剣を引き抜く。

「あまりこの手は使いたくなかったのですが、仕方ありません。さあ、人体錬成をはじめましょう、マスタング大佐」

錬成陣から猛烈なエネルギーが噴き出すのを、マスタングは背中で感じた。妖しく揺らめく光は次第に激しさを増し、爆発的な輝きとなって薄暗い部屋のすみずみまで照らし出す。

「うおおおお！」

黒い腕がマスタングを捕らえ、抗いがたい力でどこかへ連れ去ろうとうごめく。乱気流に揉まれるような息苦しさと、心と身体がバラバラに砕かれるような衝撃が襲い——マスタングの視界が純白でふさがれた。

※

「五人——揃った！」

黒い身体を埋め尽くす目玉が、ぎょろりと一斉に同じ方向を見た。エドがその視線をたどると、中空から錬成光の名残をまとわせたマスタングが放り出され、次いでセリムが音もなく降りてくる。

「大佐！」

マスタングが後頭部を押さえ、小さくうめきながら半身を起こす。

「大丈夫かよ、大佐！」

「鋼のか……ここはどこだ？」

「親玉のところだ！　大佐は何があったんだ？」

「真っ白い空間の、大きな扉の前に放り出されて……」

――扉を。

「扉を開けたのか！　どこを持っていかれた!?　手か！　足か！」

慌てるあまり、エドがマスタングの足を強引に掴んでひっくり返す。見る限りこれといった身体の異常はなさそうだ。

顔面を強打したマスタングが抗議の声をあげた。

「何をする！　そこにいるのか、鋼の！　ここはどこだ……真っ暗で何も見えん」

悔しいから口にはしないが、マスタングの行動や立ち振る舞いには、判断力に裏打ちされた一貫性や安定感があるとエドは思っている。しかし――そのマスタングの仕草が、今はどこか心もとない。

嫌な予感が冷たい感触をともなって、エドの首にぬるりと巻きつく。

「……何も……見えん……？」

的中した予感に、エドの顔が硬直する。

顔を押さえ、うずくまったままのマスタングを一瞥して、お父様が口を開いた。

「真理は残酷だ……」

「亡き母のぬくもりを求めた者は手足を失い、もうひとりはぬくもりすら感じられない姿に。失くした子を求めれば二度と子を与えられぬ身体に。そして国の先を見据えた者は視力を持っていかれ——人間が思い上がらぬよう正しい絶望を与える」

それこそが。

「お前たち人間が神とも呼ぶ存在、〈真理〉だ」

震えるマスタングの肩に、エドが呼びかける。

「人体錬成やっちまったのかよ、大佐？」

「私がそんなことをすると思うか!?」

「……だよな」

強制的に開けさせられた——ということか。

「納得いかねえ！」

エドは腹に力をこめ、きっぱりと言った。

「てめぇ、さっき『正しい絶望を与えるのが真理だ』って言ったな。まぁオレたちみたいに自発的にやらかしたのは納得するさ。けどな！」

ひとつ息を吸い、言葉を継ぐ。

「する気のない奴が無理やり人体錬成に巻きこまれて、視力を持ってかれて、それを正しいと言うのか！」

——そんな。

「そんなスジの通らねえ真理は認めねぇ！」

「お前が認めなくても現実としてこうなった。事実を認めよ！　錬金術師！」

たしかに自然の摂理や客観的な事実といった厳正なものは、人間の感情や倫理ときれいに添い遂げるものではないのだろう。でも——それでもエドは、たとえ真理でも理不尽を許したくない。神の領域に足を踏み入れることを拒み、人間の分を守ったマスタングが、無理やり代価を払わされたり、罰を受けたりするいわれなどこれっぽっちもないはずだ。

「残念ながら、あきらめの悪いたちでね」

そう言ってエドはアルをともない、構えの姿勢をとった。

※

「大佐……」

ている。

メイが錬丹術で手早く傷をふさぐ間も、ホークアイはマスタングが消えた一点を見つめ

手当てを終え立ち上がると、足元に何者かの蠢動を感じ、思わず飛びのいた。合成獣が守るあの部屋で出会った、お父様なる男と同じ気配だ。

「スカーさン！　ここが国土錬成陣の中心でス！　この下にいまス……！」

ホークアイが見つめていたあたり、マスタングを連れ去った錬成陣の、ちょうどその下に。

「もの凄い数の人の気配を感じまス！　親玉はこの下にいまス！」

スカーが右腕を鳴らすと、仲間とブラッドレイの間に大きな穴を穿つ。

メイが三つ編み頭を垂らして中をのぞきこむと、目玉だらけの怪物と対峙するアルたちの姿が見えた。

「アルフォンス様！」

メイはホークアイの手助けをしながら階下へと降りると、着地と同時にお父様目がけて鏢を放つ。精妙にコントロールされた鏢が、黒くつるりとした頭部に命中する――が。

刃物を食いこませたまま、お父様はシンの娘か……とだけ言った。

「親玉さン、不老不死いただきまス！」

不老不死の争奪戦――ひいては皇位継承争いにおいて、メイはヤオ家に大きく水をあけ

られている。一発逆転を狙うなら、もはや人造人間の親玉を捕らえるしかない。

「ちょっ……あれはひとりじゃ無理でしょ!?」

アルの制止を振り切るように、メイは目に精いっぱいの力をこめてお父様を見据えた。

恐い——とても恐い。

しかしこのままでは、ずっとこのままだ。這い上がらなくてはならない——チャン族のみんなと、今のみじめな暮らしから。

お父様は微動だにせず、腕を組んだままの姿勢を崩さない。身体中に貼りついたすべての眼が、お前には興味がないとばかりに細められる。

昏い沼に沈んでいくように、鏢がずぶずぶと吸収されていく。

その異様さに思わず後じさりすると、お父様の顔を割るようにして巨大な鏢が出現し、今にも襲いかからんとメイのほうに矢じりを向けた。

「消えろ」

大砲が着弾するような轟音とともに、大鏢が床に突き刺さる。メイは軽快な動きでそれをかわすと、大鏢の柄を踏み台にして宙に身を躍らせる。

「メイ、よせ！　そいつはノーモーションで……！」

エドが警告を発するより早く、お父様目がけて放った蹴りが見えない力に弾き飛ばされる。波のような衝撃が身体中に走り、息ができない。

「メイ！」

ガシャガシャと鎧が擦れる音に交じり、アルの呼び声が聞こえる。

アルの優しさが嬉しくて、音がするほうに目をやったとき――お父様の高らかな叫びが聞こえた。

「どうやら時間が来たようだ」

働いてもらうぞ、人柱諸君――。

※

イシュヴァールの地を地獄に変え、同胞を荒野へと追いやった男。

スカーは家族の仇、民族の仇と対峙していた。

憎くないといえば嘘になる。しかし兄の遺志を継ぐため、なんとしても成さねばならないことがある。

今はもう憎悪で目がくらむことも、復讐の虜になることもない。五感は冴え渡り、自分でも驚くほど落ち着いている。

そうか、と納得するように言ってブラッドレイはスカーを見た。

「私の最後の相手は〈破壊する者〉か。貴様……本当の名はなんという？」

「……名はない。捨てた」

「それは奇遇だな。私も己の本当の名を知らん」

ブラッドレイは二本の剣を携え、〈最後の相手〉に敬意を表するかのように十字に構える。

「名無し同士、殺し合うのも面白かろう」

スカーが大きく右腕を振りかぶる。ブラッドレイは軽く身体を反らせ、最小限の動きでそれをかわすと、剣を握ったままの拳でスカーを殴りつける。スカーは続けて襲い来る打撃を拳で受け流しつつ、ブラッドレイの肘を狙って高く足を蹴り上げた。

同じ極の磁石が弾き合うように、ブラッドレイとの間合いが広がる。

ブラッドレイの血は止まることなく、一定のリズムを刻むように床にしたたり落ちる。

中空で視線が絡み、互いの呼吸を数え合うような、静謐(せいひつ)な時が流れていく。

ふいにブラッドレイが口を開いた。

「こうして死に直面するとはいいものだな。純粋に『死ぬまで戦い抜いてやろう』という気しか湧いてこん」

地位も、経歴も、出自も、人種も、性別も。

「名も——何もいらん。何にも縛られず、誰のためでもなくただ戦う」

ああ……やっと辿り着いた。

そう言ってブラッドレイは澄んだ笑みを浮かべた。

瞬間——。

先ほどの静けさとは打って変わり、ブラッドレイが凄まじい速さで突進してくる。スカーはとっさに床を分解すると、礫を投げつけてブラッドレイのスピードを殺し、隙を見計らって鋭い蹴りを放つ。

「どうした！　それが貴様の本気か！」

ブラッドレイが咆哮する。

不発に終わった蹴りから素早く体勢を立て直すや、今度は剣先が幾重にも見えるほどの猛烈なラッシュがスカーを襲う。神速の突きを後退することでしのぎながら、スカーは虎視眈々と反撃の機会をうかがう。

「足りん！　まったくもって足りんぞ！」

連戦によるダメージの蓄積か、ブラッドレイの剣筋が次第に大振りになる。がら空きになった脇腹をえぐるように、スカーの肘がめりこんだ。肋が砕けるたしかな手ごたえを感じるが、しかしブラッドレイは苦痛をものともせず、雄たけびをあげそのまま剣を振り抜く。

「私を壊してみせろ！　名もなき人間よ！」

右腕を極められ、ブラッドレイの顔が眼前に迫る。その鬼気迫る眼に気圧され、スカーが飛びのいたとき。

床の血痕で足がすべり、バランスが崩れる。

しまった——と思う間もなくブラッドレイが懐に飛びこんでくる。胸が十字に裂け、鮮血がほとばしる。肉が裂かれる激痛を堪えつつ、スカーは右腕の射程に入ったブラッドレイに手を伸ばし破壊の錬金術を発動させる。鈍く光る剣が途中で折れ、衝撃でバランスを失ったブラッドレイの身体が後ろに傾ぐ——が。

ブラッドレイはつま先で踏み留まると、折れた刀身を素手で掴み取り、そのままスカーの右手首に突き立て、勢いにまかせて引き倒す。鋭い痛みに、仰向けに倒されたスカーの口から絞り出すようなうめきがもれた。

「これで右手は封じた」

——今だ。

スカーの左腕が、まばゆい錬成光を放つ。

床から飛び出した無数の突起が、馬乗りになったブラッドレイを刺し貫く。

「左手は完全にノーマーク……だったな」

右腕の入れ墨に刺さった刃を引き抜きながら、スカーが言った。

少し前までは、スカー自身も想像していなかった。錬金術はイシュヴァラの御心にかなわぬ、呪われた文明だと思っていた。

無言でこちらを凝視するブラッドレイに、スカーは左の袖を千切ってみせる。

「わが兄の研究書から得て、新たに刻んだ再構築の錬成陣だ！」

※

月の影が太陽を完全に覆い隠す——日食のときは近い。

エドは思わず天井を見上げる。地下深くからでは空は見えないが、お父様の上ずった声や心せく様子から、なんとなく察しはつく。

「時は来た！」

新時代の到来を祝うように、お父様が歓喜の声をあげる。

巨大な生き物の体内にいるかのように部屋全体がドクンと波打ったかと思うと、お父様の胴から触手が生えエドを捕らえる。黒い腕は膝をついたままのマスタングと、彼を守るように寄り添うアルとイズミにも伸び、三人を強引に引き離す。

「お前たちは地球をひとつの生命体と考えたことがあるか？」

世界がドクドクと脈打つように揺れる。崩れかけた顔を押さえながら、セリムは満足気にその音に耳を傾けている。

「膨大な宇宙の情報を記憶する生命体——。その扉を開けたら、いったいどれほどの力を手に入れられるか、考えたことがあるか？」

お父様の口が、にぃぃと裂けた。

「その扉を人柱諸君を使い、今ここで開く！」

お父様が触手を器用に操り腹からホーエンハイムを掴み出した、そのとき。

「へぇ、〈中心〉はそこかい」

鋭い爪を備えた腕が、落雷のような激しさでお父様を引き裂いた。

「リン！」

いや——グリードか。

「親父殿、〈世界の中心〉を俺によこしな。俺は……世界を手に入れる！」

お父様の身体が飛び散り、意志をもつ液体のようにぞろりと身をよじる。

「来ると思っていたよ、わが息子グリード」

離反したわが子の姿をみとめると、お父様が眼だけでニタリと笑った——ように見えた。

「お前は私から生まれた〈強欲〉……私が欲しいものは、お前も欲しいものなぁ……」

不定形の影は人柱たちを捕らえたままグンと伸びあがり、グリードの頭上を越えて机の上に着地する。

「真の中心は——ここだ」

触手がエドの身体を軽々と持ち上げ、人柱たちが所定の位置に配置される。お父様を中心に錬成光が走り、エドたち五人を円状につないだ。

「させるか！」

床に転がされたホーエンハイムが予備動作なしで術を発動する。しかし、一瞬遅い。

「くそっ、やられた！」

ホーエンハイムの腹がグラトニーのそれのように開き、奥から巨大な単眼がのぞく。こちら側にいながら真理と接続されているような感覚を覚え、エドも自身の腹が開いたことを悟る。

五つの扉が反発し合うことで生まれる膨大なエネルギーが、触手を通じてお父様のもとへ流れこんでいく。

「この力をもってして、この惑星(ほし)の扉を開ける!!」

お父様を中心に闇が膨れ上がり、瞬く間に部屋に満ちて世界を塗りつぶす。肺にまで侵入するようなそれに喉をふさがれ、エドはうずくまった。

第十章　この惑星(ほし)の扉

「思い切って機械鎧にしてみないかい？」

ピナコが提案すると、患者は冗談でしょうと笑った。

「たしかに便利とは聞きますが、手術後の痛みとリハビリが大変というじゃありませんか」

何言ってんだいと、ピナコも微笑み返す。

「右手と左足をいっぺんに機械鎧にしたガキもいるってのに」

今日最初の患者を玄関から送り出すと、ピナコは空を見た。

この惑星を包む上空の、薄い大気の層まで見通せそうな青空だ。

今日は日食だ。

ピナコには天文のことはわからないが、皆既日食は比較的まれな天体ショーだと聞く。

何かが起きるとしたら、きっとこんな日なのだろう。

しかしピナコは国外に逃げることはせず、今日この日も孫娘とともにいつも通り過ごした。ウィンリィは工作室にこもって部品の組み上げ、ピナコは患者のリハビリにあたっている。

どこかの誰かがどんなに『酷いこと』を画策しようと、ホーエンハイムとその息子たちが阻止してくれると、固く信じて。

ピナコは庭先に出ると、陽が少しずつ翳っていく様子を見守った。

太陽が月の影にすっぽりと隠れ、かすかな光の輪が墓標を飾る花輪のように空にかかった――その刹那。

　ふいに、地面を突き上げるような衝撃がロックベル家を揺さぶる。

　ただならぬ予感が走り工作室に飛びこむと、先ほどまで元気だったウィンリィが工具を取り落とし、青い顔で床にへたりこんでいる。

「ウィンリィ！」

　駆け寄ろうとしたピナコの胸にも重い痛みが走る。吹きすさぶ狂風で、身体と魂がもぎ離されるような――。

　足元からは黒い影のようなものがゆらめき、夏草のようにいたるところにはびこり出す。

「ホーエンハイム……」

　戻ったら、殴ってやる――そんなことを思いながら、ピナコは意識を失った。

※

　稲妻にも似た烈しい錬成光がアメストリス全土に降り注ぐ。その鮮烈な光景を、お父様は数百年前にも見たことがある。

　世界の中心から生じた小さな闇は瞬く間に大きく膨らみ、ドームのように国土を呑みこんでいく。地中から伸びた無数の黒い腕は人々の魂をもぎ取り、お父様の体内で次々と賢者の石に結晶していく。

――そうだ。

ここまでは数百年前――クセルクセスの再現だ。

不老不死をエサに国王をたぶらかし、ホーエンハイムを模した皮袋を手に入れた〈フラスコの中の小人〉――そのころはそう呼ばれていた――は、透明なガラスの檻を破り、自由に動ける身体になると、さらなる高みを目指し地下にこもった。

森羅万象を知り尽くし、自在に操る者。

全の中の一などではない。唯一無二の〈全〉なるもの――〈完全な存在〉となるために。

国土錬成陣の発動とともに、人柱五人の扉が互いに反発をはじめる。クセルクセス国民の半分――およそ五十万の賢者の石をもつお父様でさえ、抑えこむのに精いっぱいなほどのエネルギーがなだれこんでくる。

アメストリス国民の命と人柱がもたらす力で、身体が次第に膨張していくのがわかった。

この惑星の巨大な扉を押し開くには、この身体が必要だ。

「うわあああああああああおおおおおおお」

熱狂にも似た喜びがお父様の脊髄(せきずい)に沿って駆け上がり、絶叫となって口からほとばしり出る。

「神よ！　わが魂に応えよ！」

国土を割るように出現した扉から、単眼の巨人と化した身体を乗り出し、暗黒の太陽に手を伸ばす。

「来い！」

ドクン、と地球の拍動が聞こえる。その音に呼応するように空が割れ、黒い太陽は天の瞳となってお父様を見つめ返す。

天空から降りてきたもうひとつの扉から黒い触手が幾本も飛び出し、地上のそれと交わったり、反発し合ったりしている。お父様はそのうちの一本をむんずと掴むと、渾身の力をこめる。

——そうだ、来い……！

「もう貴様に縛られ続ける私ではない。地に引きずり降ろし……わが身の一部としてくれよう！」

※

『やられた』とか『しまった』とか、そんなセリフを何度口にしたかわからない。数百年も生きているというのに、どれだけの過ちと後悔を繰り返せば気がすむのだろうと、ホーエンハイムは思う。

特に〈フラスコの中の小人〉のことでは。

「みんな無事か……やけに静かだ」

マスタングがめまいを振り払うように頭を振り、身を起こす。

ホーエンハイムは、この耳が千切れそうなほどの静寂を知っている。あのときは、この静けさに恐れをなして東へと逃げた。

「まさか……みんな賢者の石になっちまったのか？」

エドの問いに、そうだと答える者があった。

エドとよく似た——いや、まったく同じ声音の。

「この中心部を除いてな」

紗をかけたような粉塵が晴れ、その向こうに若い男の輪郭が透ける。

よりによってその姿か……と、ホーエンハイムは奥歯を噛む。

エド——あるいは奴隷二十三号の似姿が、そこにいた。

「今や神も人々もすべて私の中だ」

「くそっ……やりやがったな」

「ああ、成功だ……。協力に感謝するよ、人柱諸君」

国民を賢者の石に変え、神を抑えこむのに使う。これがクセルクセスのときとは違う点だ。

「いったい何人を犠牲にしたんだい……」

「この国の人口は約五千万人だ」

マスタングの答えに、イズミが息を呑む。

「ご苦労、お前たちの役目は終わった」

人柱たちを冷たく一瞥すると、〈フラスコの中の小人〉はゆったりとイスに腰かけた。

まるでここが神の御座だといわんばかりの傲慢ぶりは、〈プライド〉を切り離したところで直るものでもないらしいと、ホーエンハイムは思う。

「みんな、俺のそばに来い！　早く！」

仲間たちを自身の力が及ぶ範囲に集める。目的を達し、用済みとなった人柱を生かしておくはずがない。

「もう錬金術を使うことも、扉を開けることもしなくてよろしい」

〈フラスコの中の小人〉が指で肘掛けを叩くと、ホーエンハイムの眼鏡のレンズがビリビリと震え、イスを中心に何らかの力が同心円状に広がっていくのがわかった。

エドが手を合わせる音が、死のような静けさに虚しく反響する。

錬金術封じだ。

「さらばだ、人柱諸君」

高密度のエネルギーが〈フラスコの中の小人〉の手中に出現する。青白い光を放つそれは巨大な柱となって天井を突き破り、大きな弧を描いてホーエンハイムの頭上に降り注ぐ。

「全員、俺のそばを離れるなよ！」

息子たちは今、錬金術を使うことができない。ホーエンハイムは天空を支えるように腕を伸ばすと、相殺エネルギーで防護壁を錬成し仲間たちをかくまう。絶え間なく落ちてくるエネルギーの瀑布がドーム状の防護壁に当たって弾けるたび、ハンマーで背骨を打たれるような衝撃がホーエンハイムを襲い、その手が黒く炭化していく。

「ほう、たかだか五十万人の賢者の石で頑張るものだな……だが」

負けるな——踏ん張れ——オレの命を使え——。

内に宿る同胞の、切なる声が聞こえる。大勢の命が自身の中で爆ぜるのを感じながら、ホーエンハイムは膝に力をこめて堪える。

「上からの攻撃を防ぐのが精いっぱいで、足元まで防御が回るまい」

〈フラスコの中の小人〉が再び肘掛けを叩くと、床が血液を沸騰させたように赤く泡立ち、ホーエンハイムの足元が柔らかく崩れていく。

下方からの攻撃を防ごうと、エドとアルがふらつきながらも手を鳴らす——が。

「術が発動しない！」

アルが悲痛な声をあげた、そのとき。

清冽（せいれつ）な光が足元をめぐり、床がたしかな安定を取り戻す。

「メイ！」

「地面の防御はお任せくださイ、アルフォンス様！」

「地の流れを読み、利用するのは錬丹術師の十八番！」

上下からの容赦ない攻撃に、床に打ちこんだ鏢がギシギシときしむ。シンで暮らした経験のあるホーエンハイムには、メイが腕のいい術師であることは容易に察しがついた。並の錬丹術師ではあっという間に飛ばされてしまいそうなその錬成陣を、メイは地脈の流れを調整しながら巧みに維持している。

〈フラスコの中の小人〉は床に手をつくメイを見てやれやれとばかりに溜め息をついた。

「だが、次は持ちこたえられまい……」

先ほどの光球とは比べものにならない超高温のエネルギーが〈フラスコの中の小人〉の手の中に出現する。光球は回転運動をしながら凝集し、手のひらに載るほどの大きさに膨らむと、眼底まで貫くような白熱した光を放つ。

「ちょ……お前、それは……」

――水素と、ヘリウムの。

「気づいたか。神を手に入れた私は、今や手のひらで疑似太陽を作ることもできる……消えて失せろ、錬金術師！」

――そのとき。

ドクン、とひときわ大きな心音があたりに響き、イスにかけたままの〈フラスコの中の小人〉がわずかに身じろぎをする。

「気づいたか？　さっきからずっと聞こえている心音に……」

む……と低くうめいて、〈フラスコの中の小人〉がこちらを見た。

「この国の人々の魂は、〈精神〉という名のひもでまだ身体とつながっている」

「……何をした？　ホーエンハイム」

若いころのホーエンハイムそのままの面差しに、ようやく感情らしきものが浮かぶ。

「長い年月をかけ計算に計算を重ね、この日のために俺の中の賢者の石を――仲間を各地に配置しておいたのさ」

「……それで何ができる。ただポイントに賢者の石を打ちこんだだけか？　錬成するにも円というファクターがなければ発動はせん」

「円ならあるさ。空から降って来る、とびきりでかくてパワーのあるやつがな……！」

時が来ればかならず発動する――。

「日蝕によって大地に落ちる月の影……本影だ！」

心音は止むことなく、〈フラスコの中の小人〉の身体が壊れかけの機械のようにガクガクと揺れはじめる。人間に対し蔑みも嫌悪もない、ただ無関心だったその眼に今、はっきりとした怒りが浮かんでいる。

「邪魔をするか、ホーエンハイム！」

「そのためにここに来たんだよ！〈フラスコの中の小人〉！」

ホーエンハイムが吠える。

犠牲になった人々は二度と戻らない。賢者の石にされたクセルクセス人も、仕組まれた紛争や謀略で命を落とした者たちも。

しかし、今を生きる人々を救い、これまでの『やられた』『しまった』を多少なりとも取り返すことができれば、踏みにじられた人々へのせめてもの手向けになる――ホーエンハイムはそのために、この十数年を捧げたのだ。

「魂は肉体と絶妙かつ緊密に結びついている。それを無理やりひっぺがしてよそに定着するには相当なエネルギーがいるが……その逆は簡単だ。魂を解放してやればいい」

健全な肉体さえあれば、魂は磁石のようにあるべきところへと引き寄せられ、戻っていく。

いわば、国土錬成陣のカウンターだ。

「お前が神とやらを手に入れたときから、人間の逆転劇はすでにはじまっていた!!」

分解のエネルギーが激しくスパークしながら〈フラスコの中の小人〉を取り巻き、止めようのない勢いで放出されていく。

穴の空いた天井から五千万の魂が渦を巻きながら立ち上り、言葉にならない叫びをあげながら散り散りになって飛んでいくのが見えた。あと数分と経たぬうちに、アメストリスの人々は意識を取り戻すだろう。ひどく悪い夢を見ていたような、苦しみの渦から救い出されたような――そんな感覚とともに。

「これでもう、そのとてつもない〈神〉とやらを抑えこんでいられまい。二度とクセルクセスのような悲劇は繰り返させない！」

ホーエンハイムが突きつけるように言うと、〈フラスコの中の小人〉が手の内の疑似太陽を握りつぶした。この状態で放つにはリスクが大きいと判断したのだろう。

「ぶはぁ！」

上下からの猛攻はいつの間にか止み、ホーエンハイムは力尽きてしりもちをつく。両手は黒革の手袋でもはめたかのように焼け焦げている。

「父さん！」

アルが駆け寄ってホーエンハイムを助け起こした。息子の思いやりが疲れ切った心と身体に染みて、傷の再生も早まりそうな気がする。

「資源はまだまだいくらでもある――十億でも二十億でも、人間というエネルギーはこの地上に存在するのだから」

〈フラスコの中の小人〉が肘掛けを強く握りしめる。肩で荒く息をつきながら、正気を失ったような眼でホーエンハイムを見た。

　ふいに冷たい風が吹く。黒い雲の層から降りてくる細い紐状の渦は見る間に巨大な柱となり、空気の摩擦による電撃をともないながら猛り狂う。

「竜巻か!?」

　気象まで思うままかと驚く暇もなく、〈フラスコの中の小人〉は竜巻のエネルギーを降ろしてわがものとし、真正面からホーエンハイムへと叩きつける。

「まだこんな力が残っていたのか……！」

　両手を突き出し、再び防御の体勢に入る。

　エネルギーの相殺が間に合わず、ホーエンハイムはじりじりと後退していく。

「踏ん張ってください、おじさマ！　防御の陣が壊れル……!!」

　吹き荒れるエネルギーの嵐にまぎれ、メイの苦しい声が聞こえたとき、ダメ押しとばかりにさらに強烈な一撃が襲い来る。

「ぐぉっ……押し返せない……！」

　限界か——と思ったそのとき。ホーエンハイムの背を力強く支える手があった。

　エドとアルだ。

「父さん頑張って！」

「てめぇこの野郎、気ぃ抜くんじゃねぇ！」

　子供は偉大だと、ホーエンハイムは思う。もうダメだ、もう無理だと思っても、ただそこにいるだけで気持ちを奮い立たせてくれる。だから今ここにふたりの息子がいることが、ホーエンハイムの最大の強みだ。

まいったねこりゃ……と、口の中で小さく呟く。

「ボンクラ親父だけど……いいとこ見せたくなっちまうなぁ！」

押されていたホーエンハイムが二、三歩前進する。狂暴なエネルギーの奔流を、親子三人がかりで押し戻す。

なんとしても堪えなくては——スカーが裏国土錬成陣を発動させるまで。

ふたりの息子が口々に叫ぶ。

「早くしないと、父さんの中の賢者の石が尽きる！」

「まだか……！　まだなのか、スカー！」

※

自分も相手も血みどろだ。

まるで子供の泥遊びのようだと、キング・ブラッドレイは思う。

誰のためでもなく無心に、純粋に、躍動する生の実感を楽しむ。

身も心も軽い。お父様から受け継いだ憤怒の感情は洗い流したように消え去り、熱く、激しく、それでいて透明な衝動がブラッドレイを突き動かす。

スカーが錬成した突起をブラッドレイは難なく薙ぎ払い、吠える。

「イシュヴァール人よ！　錬金術は……物質の構築は創造主たるイシュヴァラへの冒涜ではなかったか!?」

破壊の右腕が床を崩す。足場の悪い床を飛び越え、ブラッドレイは一気に間合いを詰める。猛然と突進するブラッドレイを待ち構えていたかのように、スカーの左腕が石柱を錬成し撃ち出す。

「神を捨てたか!?　貴様らにとって神とは所詮、その程度の存在か!?」

——否。

「あの内乱で絶望を知った貴様は、心のどこかで思っていたはず！」

飛んでくる石柱を身をかがめてかわし、剣を突き立てて真っ二つに切断すると、そのまま振り抜いてスカーに深手を負わせる。

「——神などこの世のどこにもおらぬと！」

神は闇を恐れる人間の心が生んだ。

弱き人間が寄る辺を欲して創り出した偶像に過ぎないと、かつてイシュヴァラ教の最高指導者、ローグ・ロウにそう言ったことがある。ならば人造人間（ホムンクルス）に鉄槌（てっつい）を下し、お父様をも滅ぼし得るものが現れるとしたら、それは神ではなくあくまで人間ではないか。

そんな確信にも似た予感は当たっていたのだと、ブラッドレイは思う。自身にとってそれはバッカニアであり、シンから来た老人であり、そしてスカーだったのだから。

ブラッドレイが大きく剣を振りかぶり、渾身の力で斬りつけた――その刹那。

日食が終わりを告げ、黒い影のふちにきらめいた陽の光がブラッドレイの網膜を刺す。

「ぬっ……！」

か細く、しかし強い光線に視界が白熱する。

その一瞬の隙を逃さず、破壊の右腕がブラッドレイの両腕をとらえた。

激しい痛みと衝撃が、ブラッドレイの戦意をますますかき立てる。肘から下を失おうと戦いようはある。ブラッドレイは剣を咥え、一度はなえた足に再び力をこめてスカーの脇腹を引き裂く。

鮮血を吹き上げ、スカーが昏倒する。

ここまでか――と、ブラッドレイも大の字に倒れた。天井から射しこむ光はますます強くなり、空が次第に明るさを取り戻していく。

「ふっふ……天運も神も信じてはいなかったが……。こういうのを『天はわれに味方せず』……というのかね？」

痛みよりも戦い尽くした満足感が勝り、ブラッドレイは脱力した。

人造人間は目的をもって創られた優れた品種だと、かつてマスタングにそう言ったことがある。しかし人造人間は、優れているがゆえに不変だ。容姿も能力も性格も、歳を経たところでそう変わらない。成長もなければ退歩もない。

だが人間は逆だ。目的などもたずに生まれてくる。成長しながら自分なりの目的を手探りで探す。だから、良くも悪くも絶えず変化する。エルリック兄弟のように、マスタングのように、スカーのように。

優れた品種たる人造人間がなぜ、人間に敗れたのか。人間と人造人間の狭間に在ったブラッドレイには、その理由がよく理解できる。

このまま呼吸が細くなり、滅びのときを待つばかり——と思ったとき。

ふいに、ひたひたと歩み寄ってくる者の気配を感じた。広間のすみの暗がりから、闇色の装束をまとった人影が近づいてくる。

「ほう、天は粋な客をよこしたものだ……」

シンの皇子の臣下——みずからの片腕と引き換えに、ブラッドレイを出し抜いた少女だ。

「祖父の仇討ちか……それもよかろう」

「言い残すことは無いカ？」

「無い！」

つくづく悲しい存在だナと言って、少女は仮面を外した。

「貴様には愛する者はいなかったのカ？　友ハ……仲間ハ？　妻ハ？」

──妻か。

「その者に遺す言葉も無いというのカ！　貴様が人造人間だと知ったラ……」

なめるなよと、ブラッドレイはランファンの言葉をさえぎった。

「あれは私が選んだ女だ」

──愛だの悲しみだの、なんとくだらぬ言葉だろう。

そんなものは。

「私とあれの間に、余計な遺言など要らぬ──王たる者の伴侶とは、そういうものだ」

身体が枯れゆくような感覚がして、次第にまぶたが落ちる。怒りを忘れたときがすなわち〈憤怒〉の滅びのときなのだと、そんなことを思う。

「用意されたレールの上の人生だったが、お前たち人間のおかげで……まぁ……最後のほうは……多少……やりごたえのある」

良い人生であったよ──と言い遺して、ブラッドレイはこと切れた。

※

まともにやりあったら勝てなかった──失血と疲労でふらつく頭を押さえながら、スカーはようやく上体を起こす。

誰と戦ったのかは知らないが、スカーと対峙したときブラッドレイはすでに深手を負っていた。ダメージの蓄積があったからこそ、かろうじて勝てたのだ。

イシュヴァール殲滅戦を命じた張本人を討ったのだから、国家錬金術師を殺す以上の復讐を遂げたことになるのだろう。それでも、素直に喜ぶ気にはなれない。今のスカーにはブラッドレイを倒すこと以上にすべきことがある。

厳粛な気持ちで仇敵の死を見届けると、途端に痛みが襲ってきた。

激しく咳きこみながら血を吐くスカーに、黒装束の少女が駆け寄ってくる。

「大丈夫カ!?」

すまんが……と、スカーは床に描かれた錬成陣を指さした。

「あそこまで連れて行ってくれないか?」

少女の肩を借りて錬成陣の前に座りこむと、スカーは両腕に刻んだ入れ墨を見た。

「ここが中心だ……兄者……」

思い出の中の兄に語りかける。

アメストリスへの憎しみはまだ消えてはいない。その憎むべき相手を救うためにスカーは仲間を集め、各地をめぐり、血を流した。事情を知った多くの同胞も、各ポイントに錬成印を配置して回ってくれた。

兄は〈正の流れ〉〈負の流れ〉を説いた。しかし矛盾したふたつの流れを抱える自分は、いったいどこへ流れていくのか――ウィンリィと出会った日から、スカーは己に問い続けている。

錬成陣に手をつき、術を発動させる。陣を中心に放射状の錬成光が走り、まだ薄暗い空の下に広がっていく。

裏国土錬成陣――。

「己れの兄の研究成果だ」

そう言ってスカーは、口元に誇らしげな笑みを浮かべた。

第十一章　神なるもの

ぬかるんだ泥の道が急に固まるような——足元を誰かに支えられているような——そんな力強い感覚が、エドの足元からのぼってくる。

「来た！」

ホーエンハイムの叫びを合図に、エドとアルが手を合わせる。巨大な突起が床を走り、柱から出現した腕がお父様目がけ特大の拳を振り下ろす。

「すげぇ！　軽く錬成しただけなのに、これかよ！」

今までの錬金術はなんだったのかと思うほど、錬成効率がいい。

いつの間にか、お父様の攻撃が止んでいる。

つい先ほどまで世界の中心だった場所が粉々に砕け散り、椅子から降りて仁王立ちになっている。

「もう錬金術封じは効かないぞ！」

「ざまあみやがれ！　これがスカーの兄ちゃんの生み出した、裏国土錬成陣の威力だ！」

地脈の流れを利用する錬丹術を研究していたスカーの兄は、『地殻エネルギーを利用する』とされるアメストリスの錬金術に強い違和感を抱いた。地殻エネルギーと術者との間に、何かが挟まっていると考えたのだ。

メイが言っていた、地下に大勢が這いずっているような感覚——お父様が地中深くに張りめぐらせた賢者の石が、その正体だ。

そこでスカーの兄は国土錬成陣に錬丹術で上書きをし、制限を取り除いて地殻エネルギーを存分に使える、新たな国土錬成陣を考案した。

見えざる敵の——血の錬成陣を作った者の野望を阻止するために。

エドのスカーに対するわだかまりは今も消えない。おそらくスカーも、アメストリスには複雑な感情を抱いたままだろう。しかし戦火にさらされる中、怨讐を超えて大勢を救おうと研究に没頭したスカーの兄は、真に偉大な人だとエドは思う。

エドが錬成したトゲだらけの大砲が次々と石の砲弾を撃ち出し、アルが造った無数のチエーンが不規則な動きをしながらお父様に襲いかかる——が、見えない防護壁がエドたちの攻撃をことごとくはね返す。

床を転がりながら弾かれた砲弾をかわすエドを、ホーエンハイムが相殺エネルギーで守る。

「防御は任せろ！」

防戦一方だったお父様が反撃の気配を見せると、イズミが素早く後ろに回りこみ、柱を突き崩して妨害にあたる。

「ガンガン行け！　少しでも石の力を削り取っていけば、いつか奴の身体にも限界が来る！」

ホーエンハイムの叫びに、お父様の目に険しさが増す。身体中に蜘蛛の巣のような血管が浮き上がっているのを、エドは見逃さない。

おそらく、神を身体の中に留めておくので精いっぱいなのだ。

どんな攻撃を受けても直立不動を貫いていたお父様が、ふいに天井を見上げた。穴からのぞく青空へ向かい、地上に降り立つ。

「あいつ、賢者の石を調達する気だ！」

ホーエンハイムが錬成で床を高く盛り上げ、猛烈な速さでお父様を追跡する。エドがあとに続こうとした、そのとき。

「こいつ……！」

セリムの足元から伸びた影が、エドの腕にぎちぎちと絡みつく。

「兄さん！」

「先に行け！　ここはオレがなんとかする！」

「行くよ、アル！　あいつを止めないと……負けるんじゃないよ、エド！」

「はい！」

アルはメイを、イズミはマスタングを連れ、錬成で地面を盛り上げ階上へと向かっていく。

アルたちを見送る間もなく、エドはセリムに向き直る。

錬成痕に沿い、皮膚がぽろぽろと崩れ落ちている。損傷の激しい右目を手でかばいながら、残る左目でエドをにらみつけている。

マスタングは『強制的に扉を開けさせられた』と言っていた。ならば扉を開けた者を一から探すなどせず、最初から無理やり開けさせればいいのだ。それでも近道をしなかったのは、不死に近い命をもつ人造人間（ホムンクルス）ですら無視できないほどのダメージを負うから――そう考えるのが妥当だ。

しかしエドには、もうひとつわからないことがあった。

人造人間が生みの親を〈お父様〉と呼び、その望みを叶えるべく尽くしているのは、人間でいう親孝行のようなもので、彼らも家族愛のような感情をもち合わせているからだろう。

でも――だからこそわからないのだ。

「なんでお前ら、あんな父親に服従してんだ」

黙れ、と言わんばかりに影が強い力でエドを持ち上げ、地面に叩きつける。背中をしたたかに打ちつけ、肺から空気がもれるような痛みがエドを襲う。

「つまらないことを訊きますね。生みの親に従うのは当たり前じゃないですか」

テンプレートな答えに、エドがはっ！　と鼻で笑う。

「つまんねーのはそっちだ！　自分の頭で考えようとしない思考停止野郎が！」

影が大きくしなり、今度は柱に叩きつけられる。うずくまったまま、しかし顔を上げて、エドはセリムを見据えた。

「わっかんねえよ……お前がオレたちにボロボロにされてんのに、あいつはお前に一瞥もくれてないんだぞ！」

「だからどうしたというのです！」

セリムのあどけない顔に、これまで見たことのない激しい感情が浮かぶ。顔の右半分は大きくえぐれ、開いた傷口から黒い影が燃え盛る炎のように吹き出す。

「君たち人間の常識を、私たち人造人間に当てはめないでください！」

影の触手がエドを持ち上げ強引に立たせると、先端を刃物に変え頬を切った。

「イチかバチかの賭けです！」

半液状と化した影が、傷口から侵入を試みる。ピキピキと皮膚が引きつれる感覚とともに魂を浸食されるような痛みが顔面を這い上り、今にもエドの左目に到達しようとしている。

「うがあああああ！」

「マスタング大佐に扉を開けさせる礎としたため……父上から分け与えられたこの容れ物はもう保たない……！」

エドワード・エルリック！

「父上と同じく、ホーエンハイムから生まれたわれらが血族よ！　私たちと近しい君なら、今この容れ物の代わりになれる確率が高い！」

エドは意識に侵入しつつあるプライドの魂と格闘しながら、強引に腕を広げ錬成の構えをとる。

「私に容れ物を……肉体をよこしなさい！」

影の拘束を振り切り手を合わせると、鋼の腕を伸ばしセリムの頭部を鷲掴みにする。

——思い出せ。

グラトニーの腹の中、エンヴィーの賢者の石を使ったときの——魂（いのち）を使う感覚を。

自身を生命エネルギーとして扱い、魂一個分の賢者の石に変える。

バカな……とプライドの声が震える。

「自身を賢者の石にして、私に侵入してくるなんて……！」

プライドの内に渦巻く魂の暴風雨に逆らい、その奥へ、奥へと分け入っていく。精いっぱい右手を伸ばすと、魂の最奥にたしかな手ごたえを感じた。

「捕まえたぜ、プライド！」

——私の中に。

「私の中に入ってくるなああああああ！」

機械鎧（オートメイル）の拳が容れ物を——セリムの頭部を粉砕する。

かわいらしい小ぶりの靴が、ころりと落ちた。

容れ物はチリとなって風に還り、あとには仕立てのいい子供服だけが――ブラッドレイ夫人があつらえたのだろう――残されている。

握りしめた拳を開くと、小さな赤子がさらに小さく身体を丸め、指をくわえて眠っている。

誰かの愛と庇護がなければ生きていけない、か弱い存在がそこにいた。

「……これがお前の本体か」

エドは自分の真っ赤なコートで、セリムをそっと包んでやる。

「そこで待ってろ、バカセリム」

※

プライドを倒したエドが中央司令部の広場へと上昇していくと。お父様と対峙するホーエンハイムの姿が目に飛びこんできた。

「まだだ！　まだだ！　資源はいくらでもある!!」

お父様が手をかざすと、その場に居合わせたブリッグズ兵が喉をかきむしり昏倒する。

手当たり次第に魂を奪い取るお父様に、エドが吠える。

「クソ野郎――！」

エドの姿をみとめた途端、お父様の眼に破裂するような怒りがともる。

瞬間、熱と光と暴風とが一挙に押し寄せ、有無をいわせぬ力でエドの身体を吹き飛ばす。

鮮烈な光はあらゆるものの輪郭をかき消し、アルも、ホーエンハイムも、仲間たちも、禍々しいほどに真っ白な光の彼方へと消えていく——。

まぶたの裏で世界が点滅するような——そんな束の間の夢から目覚めると、エドの全身に激痛とも鈍痛ともつかぬ痛みが走った。傷だらけで、もはやどこがどう痛いのかすらわからない。

どこからか、メイの悲痛な声が聞こえる。

「アルフォンス様……!!」

両腕を広げ、メイをかばったまま煙を吹いているアルが見えた。

頭のふさが焼け焦げ、途中で千切れている。

「メイ……よかった……生きてた」

鎧が重い金属音を立てて崩れ落ちた。胸部が裂け、魂をつなぎとめている血印があらわになっている。

うめき声が聞こえて振り返ると、イズミが血を流して倒れているのが見えた。

「師匠(せんせい)！　師匠！」

這いつくばるようにして師のもとににじり寄ると、イズミは生きてるよ……と身を起こした。

「ホーエンハイムさんが……ギリギリ……守ってくれた……」

父の姿を探してさまようエドの目が、ある一点で釘づけになる。

「ホ——……」

両腕を広げ、膝をついた姿勢のまま、ホーエンハイムが意識を失っている。白いシャツも着古したベストも半ばボロ布と化し、泥汚れとも火傷ともつかぬ、傷だらけの身体にまとわりついている。

「ホーエンハイム!!」

力なく膝をつく父の背後に、覆いかぶさるような影が現れた。

——お父様。

お父様はホーエンハイムの頭頂部を鷲掴みにすると、ひどく無造作な手つきで放り出し、エドとイズミに手をかざす。

万事休す——と思ったそのとき。

「撃てぇ!」

野太い号令がエドの鼓膜を震わせ、続いて銃弾砲弾の雨あられがお父様に降り注ぐ。

ブリッグズ兵だ。

ブリッグズ兵がもてる火器を総動員し、お父様に一斉攻撃を仕掛けたのだ。

「よう、鋼の！　無事か？」

砦で世話になったブリッグズ兵が、エドたち三人を担ぎ上げて走りだす。

「助かった！　ありがとな！」

発射音、着弾音、飛び交う怒号、通信兵の切羽詰まった話し声。幾重にも重なる轟音のハーモニーも耳に入らないといった様子で、お父様は悠然とたたずんでいる。

「クソが！　涼しい顔してやがる！」

「撃ちまくれ！　奴に反撃の隙を与えるな！」

火力足んねぇぞ――誰かが叫んだそのとき、紅蓮の炎が火の粉を飛び散らせ、お父様に襲いかかる。

「当たったか!?」

「わずかに逸れました。右へ五度修正！」

マスタングだ。

かたわらに寄り添ったホークアイが、失った視力の代わりをつとめている。

本当に――本当にいつもいいところでしゃしゃり出てくると、エドは口の端を吊り上げる。

「撃て撃て！」

「奴に賢者の石を使わせ続けろ！」

イズミは地面に手をつき、足元からの攻撃に集中している。アームストロングの撃ち出した石の矢じりが命中し、ランファンは手持ちの爆弾を片っ端から投げつける。

「削れ！　削れ！」

ブリッグズ兵の指揮にあたるオリヴィエの姿も見えた。

だが国家クラスの武闘派錬金術師が束になってかかっても、鍛え抜かれた精鋭が最新の武器兵器をあるだけ投入しても――お父様は眉ひとつ動かさず、腕組みをしたまま遠くを見つめている。

「まったく効かん……！」

アームストロングがうめくように言う。

あの防壁をなんとかしなくては……と思ったとき。

グリード――リンが飛び出す。

お父様の意識がそちらに向いたその一瞬を狙い、エドが渾身の一撃を放つ。

「保ってくれよ、オレの腕！」

ズガン！　と肩を押しこむような衝撃に逆らい、エドが鋼の拳を突き入れようとしたとき。

破裂音とともに右腕がふっと軽くなり、機械鎧がバラバラに砕け散る――が。

――あきらめるな！

心の叫びに従い、エドは素早く身体を反転させ、お父様に蹴りを食らわせる。

ケガだらけの身体で、半ば苦しまぎれに放ったキックだ。

決して威力があるとはいえないその蹴りを、しかしお父様は自身の腕で薙ぎ払い、エドを地面に叩きつけた。

素手で防御したのだ。

「う……う……」

開いた口腔から、大きな目玉が白目を血走らせて外の様子をのぞいている。

身体をうまく操作できないのか、お父様は二、三歩たたらを踏むと、そのまま嘔吐するような恰好で地面に這いつくばり、この世のものとは思えない凄まじい叫びをあげた。

「うおおおおあああああ!!」

「奴の限界だ！　奴はもう神とやらを抑えこんでいられない!!」

ホーエンハイムが叫ぶより早く、お父様の周囲に万雷のごとき錬成光がひらめく。地面が大きく陥没し、圧縮された大気が爆発的に広がってエドを吹き飛ばす。

「ごはっ!?」

背中から叩きつけられ、息が止まる。

エドが酸素を求め口を動かしたとき、左の二の腕に鋭い痛みが走る。

瓦礫から飛び出した鉄心が、生身の腕を串刺しにしていた。

※

「兄さん……」

瓦礫に縫い留められたエドが、左の上腕部に刺さった鉄心を引き抜こうともがいている。お父様がゆらりと立ち上がり、兄のほうへと歩み寄っていくのが見えた。賢者の石を補給するつもりなのだろう。

これ以上ない危機的状況なのに、アルの心は不思議と静かだ。

やるべきことが見えているからだろうか。

頼みがあると、アルは精いっぱい身体をかたむけてメイを見た。

「兄さんは右腕を犠牲にしてボクをあそこから引き出した。だから逆も可能なはずだ」

――等価交換だ。

「アルフォンス様、何を考えているのですカ……」

メイが凍りつく。アルが何を望んでいるのか、すべて察したかのように。

「道を作ってくれるだけでいい」

「そんなことをしたら、アルフォンス様ガ……」

鎧の身体に感覚はない。しかし、すでに傷だらけで大小の亀裂が入っている。血印が壊れるのも時間の問題だ。

「賢者の石……」

激しく憔悴(しょうすい)したお父様が、兄に手を伸ばす。

──時間がない。

「……お願いだ。こんなことを頼めるの、キミしかいない」

メイのまん丸い目から、大粒の涙がぽたぽたとこぼれた。

女の子を泣かせてしまったなと、アルはバツの悪い思いで腕を持ち上げる。

ひゅっと空気を裂く音に続き、メイの投げた鏢が壁に突き刺さる音がする。

やめろ──と、兄の必死の制止が聞こえてくる。これまでもずいぶん無茶をしてきたが、おそらくこれが最大最後の無茶だと、アルは思う。

「勝てよ、兄さん……」

そう言ってアルは、高く掲げた両手を合わせた。

地平線の存在しない、無辺の白に包まれて、鎧のアルは生身のアルと見つめ合った。

どちらも間違いなくアル自身だ。

頬はそげ落ち、薄い皮から骨の線が見えるほどやせ細って、スキッとした短髪はトウモロコシのひげのようになっている。

ボクはさわやかさが売りなのに……と、鎧のアルは心の中で苦笑する。

「もういいのかい?」

「うん、あとは兄さんを信じる」

互いの手を取ると、鎧のアルは欠片となって純白に溶けていく。生身の身体にたしかな自我が宿る感覚がして、アルは唇を引き結んだ。

「よう、中味入ったんだな」

〈真理〉がそこにいた。右腕、左足だけが生身だ。

人間が〈世界〉と呼ぶ存在。

あるいは〈宇宙〉

あるいは〈神〉

あるいは〈真理〉

あるいは〈全〉

あるいは〈一〉

そして――。

真理の右腕があちら側へ戻っていく。

「あいつはお前を取り戻しに来るか？」

「来る、絶対に」

これ以上ない確信をもつアルをあざけるように、真理がニタリと笑う。

「何を犠牲にするか楽しみだ――」

※

「……人間……エネルギー……」

よこ……せ。

お父様の震える指先がエドに触れようとした、そのとき。

お父様の髪をかすめ、エドの右わきに刺さるものがあった。

――鏢だ。

壁に突き刺さった衝撃で、キィンと鋭い振動音を立てる。

メイの強い視線がエドの右肩のあたりに注がれている。

なんといっても兄弟で、同じ錬金術師だ。

アルが何を考えているかなどエドにはすぐにわかってしまう。弟はこちらに頭を向け、仰向けに倒れている。そのボロボロの両腕が、空に向かって高く差し出される。

「何をする気だアル……」

「勝てよ、兄さん……」

——やめろ。

「やめろ——!!」

アルが手を合わせた刹那——鏢から放たれた光が錬成陣を描き出し、機械鎧をもがれた右肩に生身の腕が再生される。

「……バッカ野郎——ッ!!」

瓦礫に縫い留められたままの体勢で手を鳴らすと、瞬時に地面が立ち上がり、かわす間も与えずお父様の腹を直撃する。

「ぬぅぅおらあ!!」

アルが取り戻した手で左腕の鉄心を引き抜くと、エドは無数の突起を錬成してお父様を吹き飛ばし、すかさず石の拳によるラッシュを叩きこむ。

しんと静まり返った広場に、エドがお父様を打ちのめす音だけが響く。

アルと約束したのだ。

勝って、迎えに行くと。

「効いている……効いてるぞ！」

「いける……」

瓦礫から錬成した槍を投げつけると、右目に大きな穴が穿たれ、お父様が苦悶の声をあげる。

「エドワード君！」

「行け――エド！」

みんなが口々にエドの名を叫ぶ。

「エドワードさん！」

「エドワード！」

「行ケ！」

「鋼の！」

素手の拳がお父様の鼻先をとらえ、仲間たちの志を乗せたそれを叩きつけるようにして一気に振り抜く。

「立てよ、ド三流！」

地に沈んだお父様を見下ろし、吠える。

何が神だ。

他者の力を自分の力と勘違いして、虎の威を借りて威張っているだけの奴がド三流でなくて、いったいなんだというのか。

「オレたちとお前との、格の違いってやつを見せてやる!」

※

グラトニーが絶え間ない空腹に悩まされていたのなら、こっちは癒えることのない渇きだとグリードは思う。

中央司令部の地下でラースの死体を見た。再生力をもたず、人間と同じく歳を重ねる人造人間だから、チリと散るほかのきょうだいと違い、亡骸が残る。

満足した顔で死にやがってと、なんだか無性に腹が立った。

先代のグリードもこんな渇きを抱えていたのだろうか。俺は俺だと粋がってみたところで、時をへだてたもうひとりの自分が何を欲し、どう生きたか、気にならないといえば嘘になる。

〈神〉を内に抱えたお父様の力は凄まじかった。砲弾が、業火が、人間たちの攻撃が防護壁に当たるたびにバチバチと光が弾ける。のべつまくなしに続く一斉攻撃にさえ微動だにしないその力に、グリードは全身が粟立つような興奮を覚え、胸を押さえた。

あの力さえあれば世界の王になれる。すべてを手に入れ、生まれてこのかた抱えてきた〈空っぽ〉が埋まると――そう思った。

力を欲するリンならこの気持ちがわかるだろうと思ったが、相棒はあさましいな、と突き放すように言った。

「お前の欲しいものはそうじゃなイ」

リンの指摘が妙に痛くて、グリードはションベンガキが……と返すので精一杯だった。

〈強欲〉の性をもって生まれた。欲しいものはかならず手に入れろと、そのように創られた。だからお父様から神なるものを奪うなら、人間側につくのが得策だと考えた。

――ただ、それだけだと思っていたのに。

「もうわかってるんだろウ、グリード」

血みどろのエドを支えるように、大勢が声を限りにその名を呼ぶ。

挑戦を続ける人間の姿を、人間に生まれた誇りを、〈エドワード・エルリック〉の名に託すように。

グリードは唐突に理解した。

もしこのままお父様が敗れるのだとしたら、エドに負けたのではない。

人間に負けたのだ。

　グリードは誰かが誰かのために戦ったり、肩入れしたり、踏ん張ったり、人間のそんな姿を見るのは嫌いではない。ただその理由が、ずっとわからなかった。

　自覚してしまったなら、もうごまかせはしない。

　──ああ、そうだ。俺が欲しかったのは。

「こいつらみたいな、仲間だったんだ」

「何故だ……神を手に入れた私が、たかが人間に……素手で……」

　お父様の身体が痙攣し、胴が蜘蛛のように膨れ上がる。

「ぎおおおおおお！」

　腹が破裂した勢いで粉塵が舞う。その切れ間から、お父様がぬっと姿を現した。

「石を……よこせ……」

　お父様の手刀がグリード──リンの腹に深々と突き刺さり、リン・ヤオの身体に宿る賢者の石が凄まじい勢いで吸い上げられていく。

「やべぇぇぇぇぇ！」

　リンがグリードの魂をむんずと掴み、引き止める。

「バカ野郎、巻きこまれるぞ！　はなせ！」

「断ル！　俺が皇帝になるために、お前にいてもらわなきゃ困るんだヨ！」

「つっても、おめー……俺様は元々、親父殿から生まれてんだ。リン・ヤオの身体より、あっちに引かれる力が強くてどうにもなんねぇ！」

お父様の力に抗えず、リンがずるずると引きずられていく。

「あきらめるナ！」

グリードはチッと舌打ちをした。

「……世界の王からかなりランクは下がるが、シンの皇帝も悪くねぇか……」

「そうこなくちゃ！」

安堵の笑みを見せたリンを、グリードが殴りつけた。

「……シンの皇子、いい王になれよ。これでお別れだ」

あばよ、と離れたリンの手に深紅の石を握らせ、叫ぶ。

「来い！　ランファン！」

主の呼び声にランファンが素早く反応し、リンの腹に突き刺さったお父様の手を斬り落とす。

「はっはァ！　うまくうるさいガキから分離できたぜェ！」

「グリード、なぜ父に逆らう！」

「ちょっと遅めの反抗期だよ、親父殿！　あんたのくれたこの炭化能力で、一番脆いボロ炭に変身してやらぁ！」

「小賢(こざか)しい！　消えよグリード！」

暴れ回るグリードの魂を、お父様が噛み潰す。

これで本当に終わりだと思った、そのとき。

「グリード！」

相棒の呼ぶ声が聞こえた。

「お前は、俺たちの仲間ダ……！」

もう十分だと思った。

何も要らないと思った。

その一言で胸の空っぽが、どうしようもない渇きが満たされていく。こんな単純なことで——と思うと、笑いがこみあげてくる。

「じゃあな」

——魂の……友よ。

※

お父様の身体が末端から黒く染まっていく。炭化した腕が落ち、脛が折れる。

グリードの最期を見届けたリンが、鋭く叫ぶ。

「エド、今ダ！」

「おう！」

これが最後の一撃になる――そんな予感がエドを走らせる。

錬金術は使わない。アルが取り戻してくれた生身の手で――人間の手で倒すと、そう決めた。

全身全霊をこめた正拳が、お父様の胸を撃ち抜く。

お父様は悲鳴をあげるのでも絶叫するのでもなく、ただうつむいて、胸の穴に風を吹かせながらじっと見入っている。

「クセルクセスのみんなを解放しろ！」

そして。

「生まれた場所へ帰れ、〈フラスコの中の小人〉！」

胸の虚ろから黒い腕がのたりと伸びる。

自身の中から現れたそれがお父様を連れ去ろうとまとわりつき、胸の真ん中の穴へと引きずりこんでいく。

「あああああ!!」

無念と絶望と苦悶もろとも、お父様は何もない空間へと消えていった。

第十二章　最後の錬成

〈神〉を手に入れたはずだった。

この世のすべてを知る存在となったはずだった。

それなのに、世界は〈フラスコの中の小人〉には理解できないことばかりだ。

なぜ、たかが人間にいいようにされているのか。

なぜ、人間の素手の拳がこんなにも重いのか。

そして〈神〉はなぜ——。

「なぜ、私のものにならぬ!? 神よ!」

嘘も偽りもごまかしも赦さない純白の中で、〈フラスコの中の小人〉は小さなガラスの檻に閉じこめられていたころの、ちっぽけな姿に戻っていた。

「お前が己を信じぬからだ」

いくつもの〈なぜ〉に、明快な解答を示す者があった。

〈フラスコの中の小人〉によく似た、しかし白い影がそこにいる。

「神とやらを自分のものに? 笑わせるな。盗んだ高級品を身につけて自分が偉くなったつもりか」

小賢しい盗人め。

「他人の力を利用し、神とやらにしがみついていただけで、お前自身が成長しておらん」

白い影の傲慢なもの言いが癇にさわり、〈フラスコの中の小人〉は眼を血走らせる。

「私は……完全な存在になりたかった！　この世のすべてを知りたかった！　なのになぜお前は邪魔をする!?　お前は何者だ!?」

白い影に亀裂が入る。嗤っているのだ。

「私はお前たちが〈世界〉と呼ぶ存在」

あるいは〈宇宙〉

あるいは〈神〉

あるいは〈真理〉

あるいは〈全〉

あるいは〈一〉

そして――。

「私は〈お前〉だ」

背後で扉が開く音がした。黒くべったりとして、なんの文様も刻まれていない。

「『思い上がらぬよう正しい絶望を与えるのが真理』と、お前は言ったな」

白い影がもう一度嗤う。

「だからお前の言う通り、お前にも絶望を与えるのだよ」

「いやだ……戻りたくない……そこに縛られ続けるのは……」

――いやだ。

扉の隙間からゆらゆらと黒い腕が伸びる。有無を言わせぬ力で〈フラスコの中の小人〉を押さえつけ、絶叫もろとも奥へ、奥へと引きずりこんでいく。

「やめろおおおおおおお！」

無情な音を立て、扉が閉じる。

「思い上がった者に絶望を……お前が望んだ結末だ」

※

アルが——アルの身体だった鎧が、両腕を投げ出したままの恰好で仰向けに転がっている。

腹部がえぐれ、両足がもげたそれを仲間たちが囲んでいる。

「なんだ……どうなった？　勝ったのか？」

「はい。でもアルフォンス君があちらから戻って来ません」

マスタングの身体を支えながら、ホークアイが簡潔に答えた。

エドのかたわらでは、メイとシャオメイがそろってしゃくりあげている。

「ごめんなさい……ごめんなさい……」

「お前のせいじゃない、アルの判断だ」

何か……何か方法があるはずだと、エドは必死に頭を回転させる。

あちら側でアルの魂は肉体と出会ったはずだ。つまり、人間ひとり分を引っ張り出すだけの代価が必要となる。

考えろ、考えろ、考えろ。

何を。

何を差し出せば――。

「エドワード」

イズミに支えられ、消耗しきったホーエンハイムがようやくといった様子で立っている。

「俺の命を使って……アルフォンスを取り戻せ。ちょうどひとり分残っている」

バカ野郎！　とエドが吠える。

「そんなことできるわけないだろ！　オレたち兄弟が身体をなくしたのはオレたちのせいだ！　身体を取り戻すのに人の命は使わないって、アルと決めたんだ！」

父親だからだよと、ホーエンハイムが答えた。

「理屈じゃないんだ……お前たちが何より大事なんだ……幸せになってほしいんだ」

途切れ途切れにつむがれる父の言葉を、エドは黙って聞いた。

「お前たちの身体がそうなってしまったのは、ほったらかしにしてた俺のせいでもある」

——すまなかった。

「俺はもう十分生きた。最期くらい、父親らしいことをさせてくれ」

エドは自分の心が一本の糸のようになっていくのを感じた。もつれにもつれ、打ち捨てられた糸玉のようにこじれていたものが、するりと解けていく。

「バカ言ってんじゃねぇよクソ親父！　二度とそんなこと言うな！　はったおすぞ！」

「はは……やっと親父と呼んでもらえた」

頬にこびりついた血や泥汚れを洗い流すように、エドの瞳から涙があふれだす。

父親らしいことというなら、エドとて息子らしいことは何もできていない。

けれど——少しだけ肩の荷がおりた気がしたのだ。

ホーエンハイムが家を出てから、父親代わりとして家族を守らねばと常に気を張ってきた。そのホーエンハイムがやるべきことを終え、父親としての責任を果たそうと家族のもとに帰ってきた。その事実だけで十分だと、エドは思う。

肩で涙をぬぐうと、エドは仲間たちの顔をひとりひとり見た。

大人の世界の厳しさを教えてくれたブリッグズの人々。

いけないことはいけないと叱ってくれたイズミ。

長い旅を見守ってくれたマスタング隊のみんな。

いつの間にか良き仲間となっていたリンとランファン。

メイとアームストロングは今このときもアルを想い、涙を流してくれている。

「誰もオレたち兄弟に『あきらめろ』って言わなかったじゃないか……！」

差し出すものは決まった。

大丈夫。やれるはずだと、エドは拳を握る。

あたりに転がっていた棒きれを拾い上げ、地面に錬成陣を描く。

陣の中心に立つと、エドは両腕を大きく広げた。

古傷、生傷、拳ダコだらけの左手に比べ、取り戻したばかりの右手はまだきれいなままだ。

「……ちょっと行ってくるわ。鋼の錬金術師、最後の錬成にな！」


一点の染みも、わずかな濁りも赦さない、厳粛な白。

エドとよく似た体格の白い影――真理が、重々しい扉を背に座りこんでいる。

「弟を連れ戻しに来たか。だが代価は？　おまえの肉体を差し出すか？」

エドは真理の横を通り過ぎ、扉を見上げた。

地にしっかりと根を張り、枝をいっぱいに伸ばす大樹のような、複雑な文様が刻まれている。

「代価ならここにあるだろう……でけぇのがよ」

「真理の扉はすべての人間の内に在る。それはすべての人間に錬金術を使う力があるということだ」

真理はエドを見ることもなく淡々と続ける。

「錬金術の使えない、ただの人間に成り下がるのか？」

「最初からただの人間だよ」

成り下がるも何もない。合成獣にされた女の子ひとり助けられない、小さな人間だ。人体錬成に走り、真理なるものを垣間見てしまってから、それに頼って過信しては失敗し……の繰り返しだ。

踊らされたよなぁ——と、つくづく思う。

師匠が幾度となく、錬金術に頼り過ぎるなと忠告してくれたのに。

答えは最初から、すぐそばにあったというのに。

「錬金術なんてなくても、オレにはみんながいるさ……大切な仲間がよ」

ひとりひとりがかけがえのない仲間であり、エド自身もまたその輪の中のひとり。全は一、一は全だ。

真理はエドに背を向けたまま言った。

正解だ、錬金術師。

「お前は真理（オレ）に勝った。持って行け、すべてを」

重苦しい〈鋼〉の銘（めい）をおろすときが来た。

エドが両の手のひらで触れると、重厚な扉は雪が溶けるように跡形もなく消えていく。

消えた扉の向こうに、もうひとつの扉が見える。

大きく描かれた太陽が放射状の光を放ち、その下には植物のようにも、建物のようにも見える文様が刻まれている。

その手前に嬉しそうに、しかしどこか切なげに微笑むアルがいた。

ずっと一緒にいたはずなのに、長らく見ることのできなかった弟の笑顔がそこにある。

「無茶しやがって……」

迎えに来たぞと言って手を差し伸べると、アルがゆっくりとうなずいた。

骨ばった、でもあたたかいアルの手。

強く握りしめたら壊れてしまいそうで、力加減に少しだけ戸惑う。

微笑みを交わして、兄弟はしっかりと手を握り合う。

開きつつある扉から光が漏れ出てくるのが見え、エドはアルを抱えて立ち上がった。

「一緒に帰ろう、みんなが待ってる」

※

アル……アル！

寝坊をした朝、兄はしつこいくらいアルの名を連呼した。数えたことなどないが、おそらく寝坊の回数はエドのほうが多いだろうに、眠い目をこすってベッドから這い出すと、いつもの目覚まし時計がトゲとドクロにまみれた極悪なデザインに錬成されていたこともあった。

――なぜ今、そんなことを思い出すのか。

「アルフォンス！」

ひときわ大きな声で名を呼ばれて、アルは目を覚ました。

「……あ」

視界が開ける。

最初にたくさんの色彩が目に飛びこんできて、続いてエドや大勢の仲間の顔を認識する。

「アルフォンス様！」

メイがアルの首に飛びつき、わんわんと泣き声をあげた。

「……そっか、ごめん……つらいことさせちゃったね」

戻ってくることができたからいいようなものの、そうでなければメイに生涯、重いものを背負わせるところだった。

「よう」

「父さん」

おかえり、と差し出された手を取ると、しびびと腕から全身へ刺激が走る。久しぶりの身体感覚だ。

「うわ！　全身から脳まで電気が走ってるみたい！」

アルのただいまに、父は満面の笑みで応えた。

家族写真の中の父は、いつも泣き顔だった。しかしあんなふうに泣ける人は、やはりこんなふうに笑える人でもあったのだと、アルは思う。

痺れのあとに感じたのは、ごつごつとした固い皮膚の感触と父のぬくもり。

「……あったかい」

※

焦土と化した中央司令部付近には早くもテントが立ち並び、情報の整理や物資の搬入分配、ケガ人の応急処置がおこなわれている。

アームストロングがあたりを見回すと、せわしなく働くブリッグズ兵の中に、きびきびと指示を飛ばすオリヴィエの姿が見えた。包帯で腕を吊っている。

病院に行くよううながすと、姉はまだいいと言って、くるりと身体を反転させた。

「私より大ケガをしている奴が沢山いる」

「バッカニア大尉にも会ってやらんのですか？」

「死んだのはバッカニアだけではない。埋まっている兵士たちを助け出すのが先だ」

バッカニアはブリッグズ砦の斬りこみ隊長のような存在だったと聞く。オリヴィエにとっては信頼すべき部下であり、志をともにする仲間でもあったろう。

それでも、今は悼んでいるときではないと私情を脇に置き、指揮官に徹する。姉の心情を察してアームストロングは眉を下げた。

「吾輩も手伝いましょう」

現場に向かおうときびすを返した、そのとき。

背中で姉の小さなつぶやきを聞いた。

代々将軍職を輩出するアームストロング家の勇ましさ、猛々しさを一身に受け継ぎ、自身の考えはきっぱり口にする姉の——その胸の内を。

「……どうだブラッドレイ。私の部下たちは……バッカニアは強かったろう……」

※

「次の帝位はヤオ家のものだ」

まだ泣いているメイの目の前にしゃがんで、リンは深紅の結晶を突き出した。グリードが別れ際、自身の魂の一部を千切って渡してくれた賢者の石だ。

「お前もバカだな。よその国のゴタゴタに付き合って、結局賢者の石も手に入れられずか」

メイがうつむくと、また涙が膝に落ちた。鼻先が真っ赤になっている。

「でも心配するな。お前の家はヤオ家が責任をもって守ってやる」

メイは悔しさと驚きと安堵を顔の上でかき混ぜて、また泣いた。こんなに泣いて、目玉がふやけないのだろうかとリンは思う。

「人造人間（ホムンクルス）ですら受け入れたこの俺だぞ？　チャン家もほかの家も、まとめて受け入れてやるさ」

強欲が過ぎるだろうか。

しかしそうでなければ、自国の民さえ捨てようとしたキング・ブラッドレイと同じになってしまう。リンが目指すものとは違う。

現在の帝位継承の仕組みは、多民族国家をまとめるのに一定の合理性があるのだろう。

しかし権力があれば血で血を洗う闘争に巻きこまれ、なければないでみじめな暮らしを強いられる。もっと平和的なものに変えていかなければ。

長きにわたる慣習を変えることは、そう簡単ではないのだろう。

これまでは帝位を取るための覚悟があればよかった。

これからは、国をまとめていくための覚悟が必要だ。

『王になりなされよ……』

そう言ってフーは逝った。

『いい王になれよ』

グリードはそう言い遺して消えた。

シンの人間は盟約は守る。ならば、股肱(ここう)の臣(しん)や魂の友との約束は、かならず果たさなければならない。

この国に来て良かったと、リンが立ち上がる。

「さあ、帰ろう。俺たちの国へ！」

※

「また生かされた……」

スカーがいかにも解せぬといった顔つきで、病院のベッドに腰かけている。

病み上がりで少しばかりやつれた頬から、無精ひげが飛び出している。

「お前の身柄はアームストロング少将が預かることになった」

マイルズはサングラスごしにスカーを見た。

何かに耐えるような、哀しそうな眼差しの男だと思った。幾人もの国家錬金術師を葬った連続殺人犯と聞いていたから、悪鬼のような外見を想像していたが。

ここ数日、マイルズはスカーの死を偽装するためあちこちを飛び回った。すべて上官の──女王様の命令だ。

はからずもバッカニアの遺志を継ぎ、ブラッドレイにとどめを刺したスカーの生存は、今回の作戦で多くの戦友を失ったマイルズの心に少しの慰めをもたらした。

バッカニアの死因は失血死だった。

『ブリッグズの峰より、少し高いところへ……』

そう言って敬礼ひとつを残し、笑って逝ったと聞く。

骨の髄まで軍人。バッカニアはそういう男だった。

「己れを生かしていると知れたら、軍法会議ものではないのか？」

軍法会議が恐くてはブリッグズ兵は務まらぬ、と思ったが、マイルズはあえて口にしない。

オリヴィエがスカーを救ったのは、新しい戦力として錬丹術を欲したためだ。しかし新政府が立ち上がりつつある現在、風向きが変わった。

イシュヴァール復興政策のため、マイルズが中央(セントラル)へ派遣されることになったのだ。

「俺にはイシュヴァールの血が流れている」

サングラスを外して赤い瞳をさらすと、スカーがはっと息を呑む音が聞こえた。

マイルズの祖父はイシュヴァール人だ。

オリヴィエの補佐に就いてすぐ殲滅戦がはじまり、イシュヴァール系の親族はみな現地で殺された。マイルズはかの地の出身ではなく、祖母と両親がほかの民族であったため、軍の粛清規約からわずかに外れ、命を拾った。

「俺と一緒にイシュヴァールに戻って復興に努めよう」

マイルズは静かに言った。

「歴史ある文化や宗教を死なせてはならん。文化の死は民族の死だ。お前の手で、民族を死から救うんだ」

スカーは両の拳を握ると、兄の形見とも呼ぶべき入れ墨を見た。

「……生かされている意味があるということか……兄者」

マイルズは無言でうなずく。アメストリスを赦さなくてもいい。軍を憎んでもいい。ただ恐讐の彼方に裏国土錬成陣を完成させたスカーなら、イシュヴァール復興もやり遂げると信じている。

スカー――と言いかけて、マイルズは言葉を呑みこんだ。いつまでもその名で呼ぶわけにはいかない。

「貴様、本当の名はなんという？」

「……己れは二度死んだ。この世にいない人間だ」

スカーはベッドから立ち上がり、窓に透ける光に淡く微笑む。

「名はなくていい、好きに呼べ」

※

応急処置を終えたホークアイは、マスタングを探してあちこちのテントを回った。

「ここでしたか……」

入り口をくぐると、軍用テント特有の埃臭さと機械油の匂いが漂ってくる。

暗がりに目を凝らすと、木箱に腰かけ、うなだれているマスタングの影が見えた。

上官は顔を上げることなく、中尉かと言った。

「もう私には、未来を見据える目がなくなってしまった……」

司令部の地下で合流したとき、マスタングは見えない目に意志の焔を宿し、こう言った。

『君はまだ、闘えるか？』

その上官が今は湿っぽいテントに座りこみ、肩を落としている。

大きな戦いを終えて、緊張の糸がゆるんだのだろう。

今は自分の身体のことを最優先に考えてほしいと思う。しかしマスタングが自分より他人のために強くなれる人間であることも、ホークアイはよく知っている。

「……大佐は誓いましたよね。この国の礎のひとつとなって、みんなを守るって！」

道はきっとどこかにある。

エルリック兄弟があきらめず探求を続けたように。

「私が大佐の目になります」

ホークアイは立ち上がると、入り口を大きく開いた。

薄暗いテントに射しこむ光が、未来の気配を連れてくる。

さしあたってできることはイシュヴァール復興政策の推進だろう。閉鎖地区の解放、各スラムにいるイシュヴァール人の帰還、医師の派遣など、やるべきことは多い。

裏国土錬成陣の完成には、スカーをはじめ錬成印を配置して回ったイシュヴァール人たちの尽力が不可欠だった。その労と功に報いるためにも、じっとしている暇などないはずだ。

また忙しくなると、ハボックたちにも伝えなければ——と思ったとき、どやどやと聞き慣れた足音が近づいてくる。

噂をすればなんとやらだと、ホークアイは微笑む。

「さあ、行きましょう。日の当たるところへ」

マスタングはうなずいて、ゆっくりと立ち上がった。

※

ホーエンハイムのあとに続いて、仲間たちが次々とアルに握手を求めた。

シグなどはやせ細ったアルを抱きしめて、良かったなあと大号泣している。

息子たちのために涙を流してくれる人、祝福してくれる人がいる。エドとアルがこれまでどんな旅路を歩んできたのか、目の前の光景がすべてだ。

幸せになれ――。

ホーエンハイムはそっとその場を離れ、わが身に残ったひとり分の命を抱えてリゼンブールへと向かった。

トリシャの墓は、村を一望できる小高い丘の上にある。

死ぬならここだと決めていた。

懐から四人で撮った家族写真を取り出す。少しばかり情けない泣き顔が写っていて、これじゃシグさんのことは言えないなと頭をかいた。

自身の運命と折り合いをつけ、悠久の時をさすらうのも悪くないと思っていた。しかしトリシャと出会い、エドとアルが生まれ、ホーエンハイムははじめて自身の身体が恐ろしいもののように思えた。

自分は今のまま歳をとらないのに、血を分けた息子たちはみるみるうちに成長し、大きくなっていく。

ああ。俺は本当に化け物なんだな――そう思った。

息子たちを撫でてやりたいと手を伸ばしては、幾度も引っこめた。自分のような化け物が、無垢な命に触れてはいけないような気がした。

そんなある日、家に写真屋がやって来た。トリシャが内緒で手配していたのだ。

どんな姿になっても一緒に笑って写真を撮りたいのだと、そう言って。

『はい、エドを抱っこして』

言われるまま抱き上げてやると、エドがにこにこと笑った。あの無邪気な笑顔を、ホーエンハイムは昨日のことのように覚えている。

ずっと家族でいてと、トリシャは言った。

『化け物だなんて、そんな言葉で自分を傷つけないで』

写真屋が微笑まし気にファインダーをのぞいている。

涙が止まらなかった。

トリシャは笑って——と言ったのに。

遠のく意識の中で、ホーエンハイムはトリシャが待つ場所へと向かった。

丘にたたずむ大きな木の下に、ずっと逢いたいと願った人の後ろ姿が見える。

「やあ」

ゆるやかなくせ毛を揺らし、トリシャが振り返った。

「あら、もう来たの？」

話したいことがたくさんある。

エドに『親父』と呼んでもらえたときのこと。

生身のアルと握手した感触。

息子たちのために嬉し泣きしてくれた仲間のこと。

しかし微笑みを交わすだけで胸がいっぱいになり、言葉が出ない。

「……もう、いいのね？」

「ああ、もう俺たちの役目は終わった」

小さな村の小さな丘なのに、世界の果てまで見渡せそうな——。

どちらともなく、そっと手をつなぐ。

「あとはこの世界が、子供たちを強く育ててくれるさ」

ゆっくりと、まぶたが落ちる。

死のぬくもりが毛布のように身体を包んでいく。

やっぱり死にたくねぇなあ……と、ふいに未練がましい思いが湧いてくる。

でも、それも仕方ない。俺は人間なのだからと、ホーエンハイムは思う。

この世に生まれてきて良かった。トリシャとふたりの息子に出会えて良かった。

──そうだ。

人生は、愛と死だ。

※

むっとする牧草の匂いのする風に乗って、羊の鳴き声が聞こえる。

春に生まれた子羊が大きくなったころ。ロックベル家へと続く道を、エドはアルを連れて休み休み進んだ。

アルが動くときに立てた、あの派手な金属音はもう聞こえない。聞こえなくても弟はそこにいる。

アルが荒く息をついて、丸太に腰をおろした。

「大丈夫か？」

「こんなに筋肉が衰えているとは思わなかった……」

「背負ってやろうか」

いや、と断ってアルは汗をぬぐう。

「自分の足で帰る」

——自分の足か。

エドの左足は、あえて機械鎧のまま残した。自身の罪の証、その戒めのために。

「ボクはゆっくり帰るからさ。兄さんは先に帰っててよ」

「一緒に家を出たんだ。一緒に帰るさ」

ホーエンハイムの死はピナコから知らされた。

母の墓前で、それは幸せそうな顔でこときれていたという。悲しみと切なさと、少しの安堵がない交ぜになり、受け入れるまで少し時間が必要だった。

変な意地など張らず、もっと話をしておけば良かった。

父は酒が好きだったというから、供えるなら花よりボトルがいいだろうか。せめてアルが呑める年齢になるまで生きてほしかったとか、父子で呑むってどんな感じだろうかとか、ありえたかもしれない、けれど決して叶わない願いが、やるせなさとともに去来する。

セリムはブラッドレイ夫人に引き取られ、養育されることになったらしい。
本音を言えば、お父様の本質にもっとも近い〈傲慢〉がこちら側に残ることに、エドも一抹の不安を抱いている。事実、セリムは軍の監視下にあるとマスタングから聞いた。
人間と人造人間が心を交わし、ともに生きられる日が来るのだろうか。そうなればいい
――と、エドは思う。

旅立ち以来、こんなにゆっくり歩くことはなかった。

一本道の先にロックベル家が見えてくる。

兄弟の帰りにいち早く気づいたデンが、嬉しそうに吠えながら駆けてくる。

玄関のドアが勢いよく開き、ビックリ顔のウィンリィが姿を現した。

「おう、ウィンリィ!」

「ただいま」

ウィンリィの目に涙が盛り上がる。

「帰るときは電話の一本でも入れろって、何度……」

ウィンリィが兄弟に飛びつき、両腕でしっかりと抱きしめた。勢いで三人とも下草に倒れる。仰向けになったエドの顔を、デンの尻尾がぽんぽんと叩いた。

「おかえりなさい!」

ウィンリィのこの一言を聞くために、アルと一緒に頑張ってきた。

細胞のひとつひとつが喜びで満たされていく気がして、エドは太陽のような笑顔になる。

家のほうからおいしそうな匂いが漂ってきて、急に空腹を覚えた。

豊かなバターの香りと、果物を煮た甘酸っぱい匂いだ。

終章　鋼の心

いただきますと言って、アルはアップルパイを頬張った。

さっくりとした歯ざわりのあとを、甘やかなリンゴの香りが追いかけてくる。素朴で、あたたかくて、どこか切ない。そんな家庭の味が口いっぱいに広がる。

ウィンリィが焼くそれと、とてもよく似ている。もっともグレイシアのレシピをもとにしているのだから、近い味になるのは当たり前だ。

兄弟が旅を続けていたころ、まだ赤子だったエリシアはずいぶんと大きくなり、アルの周りをよちよちと歩いては興味深げに顔をのぞきこんだり、ズボンを引っ張ったりしている。

アルの魂をつなぎ止めていた鎧は地元の鍛冶職人の手で鋳潰（いつぶ）され、さまざまなものに生まれ変わった。機械鎧（オートメイル）の部品となって誰かの人生を支え、草刈り鎌はピナコへの贈り物にし、頭部は親鳥がヒナを育む巣となった。

錬金術でいう分解と再構築そのままだと、アルは思う。ずっと一緒に戦ってきた鎧がなくなるのは、本音を言えば少しだけ寂しい。しかし分解に痛みはつきものだ。

長い旅の中、思えばどの教訓も痛みの先にあった。

リゼンブールでの暮らしが落ち着き、体力もすっかり回復したころ、アルは中央で暮らすグレイシアを訪ねた。

無事に元の身体を取り戻したことを、ヒューズの墓前にも報告したかった。

「あの人もきっと喜ぶわ」

グレイシアはにっこりと笑った。

旅の途中、ヒューズをはじめたくさんの人からたくさんの幸せをもらった。ならば今度は、自分たち兄弟がお返しをする番だ。

「錬金術師の言うところの等価交換？」

「いえ、十もらって十返すだけでは同じなので……」

アルはピッと人差し指を立てる。

「十もらったら自分の一を上乗せして、十一にして次の人へ渡す。小さいけど僕たちが辿りついた〈等価交換を否定する新しい法則〉です」

これから証明していかなきゃいけないんですけど――と苦笑するアルに、グレイシアは穏やかに訊ねた。

「何かやりたいことがあるのね？」

「僕たちが助けられなかった女の子がいます」

アルはエリシアを見た。

ニーナはもう少し年長だっただろう。国家錬金術師だった実父の手で愛犬と合成されてしまった少女の名を、アルは深く心に刻んでいる。

――だから。

「シンに行きます」

メイのところで錬丹術を本格的に学ぶつもりだ。スカーの兄が錬金術と錬丹術を融合させ、大きな成果をもたらしたこともアルの励みになった。

錬丹術だけではない。東方の国々をめぐり、さまざまな学問を身につけるつもりだ。異なる分野の知識を連結、接続することで、新しい知見が手に入るかもしれない。

今回の旅立ちは兄とは別行動だ。アルが東回りで、エドが西回り。左足が機械鎧のままのエドは、東の大砂漠を越える旅には耐えられないという判断だ。

「ふたりで東西の知識を持ち寄れば、錬金術によって苦しんでいる人たちを助けられるかもしれない……」

それを上乗せぶんの一にして、世間に返したい。

そして後に続く錬金術師が十一を十二に、十二を十三に……と、さらに上乗せしていってくれたなら、世界は少しずつでも良い方向へと向かっていくはずだ。

身体を取り戻すための旅とは違うのだから、気負い過ぎず、しかしひたむきに。楽しみながら前に進んでいこうと、アルはそう思っている。そもそも学ぶことは楽しいことなのだから。

広い世界には未だ見ぬ不思議と驚異が待っているのかと思うと、子供のように胸が弾んでくる。

地球は丸いから、どこかで兄とバッタリ出会うことがあるかも知れない。

アルがそう言うと、グレイシアはもうひとつどうぞと、アップルパイを勧めてくれた。

※

リゼンブール駅は閑散として、エド以外の乗客は見当たらない。

アルはひと足先に東回りのルートで旅立っていった。ニュースによれば、アメストリスとシンをつなぐ鉄道交易の計画がもちあがっているらしい。ずいぶん先の話だが、皇帝の座に就いたリンとの間に条約が締結されたというから、機械鎧のエドもいつかは気軽に東方の旅に出かけることができるだろう。

エドはホームのベンチにどっかりと腰かけ、足を投げ出した。わざとダラけた姿勢のまま、見送りに来たウィンリィの注意に耳をかたむける。

「毎日油を注すこと！　ネジのゆるみをチェックすること！」

ウィンリィの指示にエドは逐一へい、へいと返事をした。

「ちょっと、聞いてる？」

「へーい」

駅長のやる気のないアナウンスが響いて、ホームに汽車がすべりこんでくる。

「西には何があるのか、わくわくするよな！」

「そんな浮かれてると、旅に出てすぐまた壊して戻ってくる羽目になるわよ」

エドはウィンリィに背を向けると、片手を上げ、おーうと返事をした。

先ほどからへーいとか、おーうとしか言っていない。それで会話が成立することが、エドにはなんとなく嬉しい。

「ほんと、いくつになってもじっとしていられない性分よね。でも無茶しちゃダメよ。もう錬金術は使えないんだから」

それから、とウィンリィは続けた。

「整備のときはちゃんと予約の電話を入れてよね！」

「わかってるって」

これまで錬金術で多くの危機を乗り切ってきた。だから不安がないと言えば嘘になるし、不便と感じることもある。しかし真理の扉をなくしたことで、エドは生きることはそもそも手間がかかることなのだと知った。たとえ錬金術が使えなくとも、少しアンテナをめぐらせただけで、学びや気づきはどこにでも転がっているものだ。

「それじゃあな」

——予約。

予約か……と、エドはウィンリィに向き直る。

「えーっと。あー、なんだ……予約つーか、約束つーか……」

「なによ、ハッキリ言いなさいよ」

われながら歯切れが悪いと思うが、しかしハッキリ口にするのも恥ずかしい。それでも、へーいとかおーうといったゆるいやり取りでは伝わらない想いがあることくらい、エドも理解している。

エドはひとつ息を吸い、怒鳴るような勢いで言った。

「等価交換だ！」

――俺の人生、半分やるから。

「お前の人生、半分くれ！」

ウィンリィは押し黙ったまま何も言わない。

決死の覚悟で口にしたのに無言は――つらい。

ウィンリィは肺の中身をすべて押し出すような、盛大な溜め息をついた。

「バッカじゃないの！」

「な、なんだとぉ！」

「どうして錬金術師ってそうなの？　なんでも等価交換、等価交換！」

ほんとバカね、と、ウィンリィはエドを見つめて言った。

「半分どころか、全部あげるわよ」

ウィンリィはキッチンにあるリンゴより赤い顔をして、うつむいた。頬に負けず劣らず真っ赤な耳をまじまじと見ていたら、ふいに笑いがこみあげてきた。

「……ははは、わはははははははは」

「なによぉ！」

あれもこれもと欲張るかと思えば、すべて投げ出しても構わないと言い出す。法則やら理やら方程式やら、そうしたものにがんじがらめにされている錬金術師の頭に、新たな発想の息吹を与えてくれる。

ウィンリィ・ロックベルは、そういう女だ。

「わりぃわりぃ、お前、やっぱすげーわ。等価交換の法則を簡単にひっくり返しやがる」

ウィンリィは最大の援軍だと、エドは思う。この旅の最大の目的は、一を上乗せして返すため——等価交換の法則を否定することなのだから。

「ちょっと、それってバカにして……」

そっとウィンリィを抱き寄せる。腕の中の穏やかなぬくもりに、思い切って言って良かったとしみじみ感じる。

「待っていてくれ、ウィンリィ」

新たな旅立ちを祝福するように汽笛が鳴り、黒い車体が少しずつスピードをあげていく。

車窓から身を乗り出して、エドは大きく手を振った。

この先もきっと、うまくいかないことのほうが多いのだろう。錬金術も国家資格の肩書もなく、今のありのままの自分で勝負するしかない。

窓ガラスごしの景色が飛ぶように流れて、まるでひとつなぎの絵のように見える。

「大丈夫——錬金術がなくても乗り越えられるさ」

強くしなやかな、鋼の心さえあれば。

了

映画ノベライズ

鋼の錬金術師3
最後の錬成

2022年7月29日　初版発行

著者　荒居蘭

原作　荒川弘

脚本　曽利文彦　宮本武史

デザイン　D3（橋本謙太郎）

発行人　松浦克義

発行所　株式会社スクウェア・エニックス
〒160-8430
東京都新宿区新宿6-27-30　新宿イーストサイドスクエア
〈お問い合わせ〉
スクウェア・エニックス　サポートセンター
https://sqex.to/PUB

印刷所　図書印刷株式会社

ISBN978-4-7575-7996-5　C0193
Printed in Japan